ROND-POINT

www.ruefromentin.fr

Olivier Scheibling

ROND-POINT

roman

Éditions rue *f*romentin
Paris

À Nicole Scheibling, passeuse de mots.

Chapitre 1

Patrick

Toutes ces années, je me suis couché tôt, très tôt. Parfois même avant la tombée de la nuit, dans l'obscurité artificielle de mes volets de fer. Pas par choix. Pas vraiment par hygiène de vie. Non, c'est plus bête que ça. Par ennui, tout simplement. Quand je rentre du boulot, ma seule perspective, c'est mon repas du soir. Et je ne parle pas de faire la cuisine, juste de me réchauffer un truc : en début de mois acheté chez *Picard* pendant la pause déjeuner, ou, passé le 15, au *Carrefour*, de l'autre côté de l'autoroute. Après le repas, rien d'autre à faire que de regarder la nuit tomber. La télé ? Entre séries débiles et émissions ineptes, rien qui ne me tente vraiment. Et quand ça vole un peu plus haut, je me dis que ce n'est plus pour moi. Je pourrais m'accrocher un peu, mais je n'ai pas l'énergie. À la radio, entre émissions pour ados prépubères et rap au robinet, il n'y a que du foot. Et il se trouve que je n'aime pas le foot. Parfois j'écoute une boucle de France Info, mais rapidement j'ai la tête qui vrille. Alors je vais me coucher. Je suis chanceux, je m'endors en sept minutes. J'ai entendu, je ne sais plus où, que c'était la moyenne pour les hommes. Les femmes, il leur faut plus de temps. À chaque fois que je pose ma tête sur mon oreiller, avant d'éteindre la lampe, je me dis que j'ai de la chance d'être un homme. Et sept minutes après, je ne m'ennuie plus.

« À ce niveau-là, mon pote, c'est plus de l'ennui, c'est de la déprime. » C'est Stéphane, un collègue, qui m'a dit ça l'autre jour. « Non, je lui ai répondu, la déprime, c'est pas d'aller se coucher, c'est de ne pas vouloir se lever. » Et ça, il n'y a pas de risque. J'aime bien les matins. Le rituel du petit déjeuner : les trois cuillères à café dans le filtre, pester, parce que quoi qu'on fasse, on en fait toujours tomber un peu sur le plan de travail, le beurre trop dur qu'on écrase sur le pain de la veille, la première tranche qu'on met dans le grille-pain, l'odeur qu'elle dégage, en avant-goût. Et puis cette bulle de temps, familière, ce dernier moment avant le monde, avant dehors. Je vois le champ, et les collines en arrière-plan. Il y a quelques années, une femme m'a dit que c'était une belle vue. Moi, je trouve surtout que c'est toujours la même vue. Je mets la radio, mais je ne suis pas sûr que je l'écoute.

Bourdin dans le poste, qui fait semblant d'être mon pote. Remarque, parfois il me fait marrer. C'était mieux avant, la radio, quand on ne la voyait pas à la télé. On pouvait s'imaginer la tête des voix. Bourdin, je l'imaginais très brun, avec une moustache de routier et des rouflaquettes, le genre un peu caïd à qui on ne la fait pas. Puis un jour je l'ai vu. Ma radio ne marchait plus, j'ai voulu écouter sur Internet. Je n'aurais pas dû. En vrai, il n'a pas la tête de sa voix.

Ces derniers jours, pourtant, quelque chose a changé, je ne me couche plus aussi tôt. À cause de Stéphane. Ma voiture a rendu l'âme, ça devait arriver. Je pars avec le car, le matin, mais Stéphane m'a proposé de me ramener le soir. Pour être franc, ça ne m'enchantait pas trop de faire la route avec lui : on n'est pas si proches lui et moi, et le silence à deux, c'est vite gênant. D'un autre côté, ça m'évitait de me les geler à attendre le car pendant vingt minutes.

C'est le deuxième soir que ça a commencé. On sortait de l'autoroute, et sur le premier rond-point après le péage, il y avait des palettes qui brûlaient, avec une dizaine de types autour, quelques femmes aussi. Ils arrêtaient les voitures. Bourdin en avait parlé, mais je n'aurais jamais imaginé les voir là, à même pas cinq kilomètres de chez moi.

« Et merde ! » j'ai dit. Stéphane souriait, lui. Il a sorti la main, klaxonné trois grands coups et les types se sont écartés en applaudissant. Mais après s'être engagé sur la route de la forêt, il a soudain eu le regard du mec qui a oublié un truc important, soucieux et stupéfait. D'un coup, il a pilé et il a fait demi-tour.

« Mais qu'est-ce que tu fous ? j'ai crié.

— T'inquiète, mon pote. Et puis, c'est pas comme si quelqu'un t'attendait, non ? »

Le plus dur, ça avait été de descendre de la voiture. Sitôt après s'être garé, Stéphane, lui, était sorti, et d'emblée s'était dirigé vers l'attroupement. Les gars l'accueillaient avec chaleur. L'atmosphère était encore détendue en ces premiers jours, et les nouveaux venus considérés sans méfiance. Moi, je restais figé sur le siège passager, fixant les flammes sortant du tas de planches, espérant qu'elles me protégeraient. La petite foule allait et venait autour du rond-point, le jaune fluo des gilets la faisant ressembler à un essaim de lucioles prêtes à s'immoler, avec constance et insouciance, dans le brasier central. Stéphane revint en courant à moitié. Sans me regarder, il prit son gilet dans la boîte à gants, l'enfila et, sans refermer la portière, me cria de venir. Le froid et le ridicule de la situation me décidèrent à bouger. Je m'approchais du feu, cherchant à éviter les regards. Je grommelais un bonsoir, qui à ma grande surprise et mon grand soulagement ne rencontra aucun écho. Il semblait bien que, finalement, personne n'avait le projet de m'adresser la parole. Je me sentis sourire, presque rassuré. Mis à part le petit groupe qui discutait toujours avec Stéphane, les autres étaient silencieux. Je me postais sur le bord du rond-point, là où l'ombre commençait. Petit à petit, je sentais que la boule qui s'était formée d'un coup, sous mon sternum, quand j'avais réalisé que Stéphane avait bien l'intention de s'arrêter sur ce rond-point, commençait à se dégonfler. La brume d'angoisse qui m'engourdissait, elle aussi se dissipait, se déchirait plutôt. J'avais soudain envie de plonger les doigts dans mon crâne, d'enlever la gangue de graisse autour de mes neurones, de m'élargir les orbites. Disponible. C'était curieux comme je me sentais disponible, intéressé, bien planqué que j'étais dans mon obscurité anonyme. La lumière pulsée des flammes faisait apparaître et disparaître les visages, barbes mal taillées, mines frigorifiées, cernes, cheveux rares, couleurs en retard, regards dignes, bravaches ou vides, joues creusées, cous empâtés, jeunesse s'accrochant encore, dents manquantes, rides évidentes. Une belle brochette de gueules, solitaires et résignées, de bouches silencieuses, de figures invisibles ailleurs que dans leur miroir. La plupart avaient l'air aussi gauches que moi. Je m'étonnais de les scruter, d'éprouver tant de curiosité pour mes semblables. Le rond-point flottait dans l'obscurité comme une île, le feu sauvage en son centre, sillonné de sentinelles, et, lui faisant face, la barrière de péage, éclairée comme un *checkpoint*, de l'autre côté d'un *no man's land* de bretelles et de voies d'accès. Plus loin, la forêt, impassible et sombre, indifférente aux drames à venir.

« Bonsoir, c'est la première fois que vous venez ? » Je crois bien que j'ai rentré ma tête dans les épaules, comme quelqu'un qui se prépare à prendre un coup. Croyant que je n'avais pas entendu, elle répéta : « Je ne vous ai jamais vu, c'est la première fois que vous venez ? » J'ai répondu que oui, c'était la première fois, mais que je n'étais pas vraiment venu, enfin si, j'étais là, bien sûr, mais par hasard, à cause d'un collègue qui me rendait service parce que ma voiture était en panne, et que par ce froid, je n'avais pas envie d'attendre le car, c'est lui, je veux dire mon collègue, qui avait voulu s'arrêter, mais que je ne savais pas trop pourquoi ils étaient là, et moi encore moins, même si bien sûr, j'en ai entendu parler, chez Bourdin, mais je ne suis pas trop l'actualité, la politique, tout ça, c'est pas trop mon truc, ah, au fait, bonsoir.

La boule s'était reformée, instantanément. Mon crâne s'épaississait, accentuant la pression sur mon front, rétrécissant mon champ de vision. Disparaître ! Éteindre ! S'endormir.

« Moi, je suis là depuis le début. » J'étais soulagé : elle n'avait ni prêté attention à mes propos confus, ni même noté l'embarras. Elle enchaînait, déroulait, s'animait ; je captais qu'il était question de taxe, de diesel, qu'il ne fallait pas exagérer, que cette fois, ça suffisait, qu'on n'allait pas se laisser faire. Une pause. Et puis elle repartait, sur les radars, sur son permis qui ne tenait plus qu'à son troisième stage de récupération de points, 189 euros, vous vous rendez compte, y en a à qui ça profite, vous ne trouvez pas ? Sur sa mère qui n'aurait pas de quoi se payer une maison de retraite, sur ses voisins du premier qui, eux, vivaient des allocations familiales, bon, c'est pas la peine d'en dire plus, vous voyez ce que je veux dire. Non, je ne voyais pas très bien, mais elle continuait. Pour une fois, les gens se bougent, elle avait vu une pétition, des milliers de signatures, il paraît ; depuis le temps qu'on se fait avoir, il faut que ça change, il faut que ça pète.

« Excusez-moi, il faut que j'y aille. » Stéphane me faisait des grands signes depuis la voiture déjà redémarrée. Soulagé, encore presque essoufflé, je voyais se profiler la perspective rassurante de la routine.

Chapitre 2

Madeleine

Alors là, lui, je n'aurais pourtant pas parié qu'on allait le revoir. J'avais trouvé étrange son manège l'autre soir. D'abord, il était resté à nous observer depuis sa voiture, puis il s'était approché en douce. D'habitude, les nouveaux venus se signalent, disent bonjour, se présentent. Lui, il était resté silencieux, était parti se planquer, et avait dévisagé les copains un par un. Quand je l'ai abordé, il m'a servi un discours vaseux, comme s'il avait été surpris d'être repéré. Ou alors il cachait son jeu. J'ai bien essayé de le faire réagir sur les événements, mais il s'est carrément enfui. À mon avis, lui et son copain, ils ne sont pas nets. Je devrais en parler à Michel. Il nous a prévenus qu'il pourrait y avoir des malfaisants qui cherchent à s'incruster et qu'il fallait lui signaler tout ce qui nous paraissait bizarre. Il paraît que d'autres groupes se sont fait infiltrer comme ça.

J'ai repéré Michel qui était en train de préparer un barbecue. Il n'avait pas fallu trois jours pour qu'on s'organise. Des gars qui bossaient sur un chantier avaient construit une cabane, avec un petit auvent sous lequel on pouvait faire la cuisine à l'abri de la pluie, sans enfumer l'intérieur qui avait été meublé de deux canapés encore très corrects, trois sièges de jardin et quelques chaises pliantes. Évidemment, c'étaient les femmes qui avaient apporté la vaisselle, les hommes, eux, s'étaient chargés des cubis et des caisses de bière. Je me suis dirigée vers Michel.

Officiellement, on n'avait pas de chef, même pas de porte-parole. C'est vrai que tout le monde pouvait parler, même si tous ne le faisaient pas. Moi par exemple, j'avais du mal à m'exprimer et jamais autrement qu'en tête-à-tête. En fait, je n'avais même jamais autant parlé qu'à l'autre type. Je ne sais pas pourquoi, je m'étais sentie plus à l'aise. Mais il était clair pour tous que Michel était le meneur.

« Michel, tu vois le type, là-bas, je le trouve bizarre. »

Il leva les yeux dans la direction que je lui indiquais.

« Le grand là-bas ? Pas remarqué. Qu'est-ce qui te fait dire ça ?

— Déjà l'autre jour, il est venu et a passé son temps à dévisager les gens. Et quand j'ai essayé de savoir ce qu'il venait faire, il est parti. Et là, il recommence.

— OK, surveille-le. Il faut qu'on fasse attention. Il peut y avoir des taupes. Sur un rond-point, il y a même eu une tentative d'empoisonnement. Ils étaient tous malades après avoir mangé une soupe qu'on leur avait apportée. Il aurait pu y avoir des morts. C'est pour ça qu'ici, on fait tout nous-mêmes. »

Je me suis trouvée un peu ridicule, mais le fait est que la perspective d'être en quelque sorte chargée d'une mission m'a donné un sentiment de fierté. J'avais eu un peu peur que Michel ne hausse les épaules, sans me prendre au sérieux.

Je me suis rapprochée du grand type. Plus je le regardais, plus je me disais que sa présence était suspecte. Il était plutôt corpulent, une grosse tête ronde, avec une calvitie très années 70, rien sur le dessus, trop long dans le cou, une coupe de vieux d'avant Bruce Willis. Malgré le froid, il portait un blouson assez léger sur un polo Lacoste, qui détonnait au milieu du rond-point. En dépit de son embonpoint, des quelques taches indélébiles sur le polo, et d'un rasage un peu approximatif, il dégageait une certaine élégance derrière le laisser-aller.

Tu ne m'auras pas, mon bonhomme, tu as beau avoir été chercher tes vieilles fringues au fond de ton placard pour faire populo, tu renifles le bourgeois urbain à plein nez !

« Vous êtes revenu ? Bonjour ! » Une fois encore, je l'ai fait sursauter. Il m'a regardée, un peu ahuri. J'ai enchaîné : « Contente de voir qu'on est de plus en plus nombreux. Ça fait plaisir. L'autre soir vous êtes parti si vite, moi, c'est Madeleine. »

Je lui ai fait mon plus beau sourire, celui que je réserve aux familles qui amènent pour la première fois leur vieux à l'Ehpad, histoire de les mettre en confiance.

« Ah, bonjour, oui, oui, je suis Patrick. » Il a dit ça avec un sourire un peu mièvre, mais ses yeux ne souriaient pas.

En fait, ça me plaisait de jouer les Mata Hari. Le gars était plutôt coriace, le genre taiseux. Il a quand même fini par lâcher qu'il habitait aux Roux, un des hameaux de la commune. J'ai essayé d'en savoir plus, m'étonnant de ne l'avoir jamais vu. Il m'a répondu qu'il n'allait jamais au village, il faisait ses courses près de son travail, ou alors au *Carrefour* de Villeneuve. Je lui ai demandé où il travaillait, et il m'a donné le nom d'une boîte que je ne connaissais pas dans la ZAC. Il faudra qu'on vérifie. Sauf qu'après deux phrases, je me suis rendu compte que je ne me souvenais plus du nom. Ma petite voix intérieure, celle qui sonne comme celle de la conseillère d'orientation de troisième, qui m'a dit que médecine, vu mes notes, ce n'était pas pour moi, mais que si je voulais m'occuper des gens, le BEP sanitaire et social c'était très bien, a ricané que, comme espionne, j'avais encore des progrès à faire. J'ai paniqué en me rappelant que Michel comptait sur moi et je me suis tortillé les cheveux. On est restés un moment sans rien dire. J'avais trouvé un moyen de réparer ma bourde. Je lui ai demandé si son boulot lui plaisait ; ça serait bien le diable si je n'arrivais pas à lui refaire dire le nom de la société. Mais, pour faire diversion, il m'a raconté une histoire de dingue, qu'il avait soi-disant entendu à la radio, chez Bourdin a-t-il ajouté : un jeune touriste américain qui s'est fait tuer en allant évangéliser une tribu de primitifs, dans une île encore totalement sauvage au large de l'Inde. Il gloussait en racontant que l'Américain s'était fait cribler de flèches en arrivant sur la plage. J'ai décidé de jouer le jeu : « En 2018 ? Y a encore des tribus de sauvages ?

— Si, si », il m'a dit. Et pour prouver ses dires, il s'est mis à chercher sur son portable et a exhibé la photo d'un guerrier, tout noir, tout nu, essayant de descendre un hélicoptère en tirant des flèches avec un arc de Pocahontas.

Je ne sais pas comment, mais ça m'est venu de loin, de la devise que nous faisait apprendre par cœur notre maître de CM2, et j'ai lâché : « Il n'est pas nécessaire d'espérer pour entreprendre. »

Il en est resté bouche bée, le vieux bourge !

Chapitre 3

Patrick

Ce matin, j'ai constaté avec plaisir que la fatigue était venue à bout du rêve. Pour la première fois depuis que Stéphane m'a traîné sur ce rond-point, j'ai pu passer une nuit correcte. Je ne sais pas, peut-être un afflux d'adrénaline après avoir vu tous ces gens, peut-être un excès d'émotions, mais je dors mal, sommeil agité, rêves en boucle. Un, en particulier : je suis seul, au milieu d'une foule qui danse autour de moi. Il fait nuit. Je suis au milieu d'un feu, mais je n'ai pas mal. Je me dis que je devrais m'en aller. Je ne suis pas attaché, mais je ne peux pas partir. L'angoisse et la fumée montent, je suffoque, une femme vient me chercher, me tire de là. Les gens continuent à danser, en cercle, et de nouveau je suis au centre, dans le feu. Vingt fois je me réveille, vingt fois le rêve recommence. La sonnerie du réveil, enfin.

Je me suis donc levé tard, trop tard. Les voix dans le poste ne sont pas les bonnes, le soleil est trop haut. Un autre jour, cela m'aurait fait culpabiliser – c'est étrange, d'ailleurs, parce que d'une manière générale je n'ai pas grand-chose à faire le week-end. Mais là, non, je suis bien, malgré ma nuit trop pleine de rêves.

Je réalise que je ne m'ennuie pas.

Je repense à ce rêve. La femme qui me sauve, elle ressemble à celle du rond-point. Cela faisait longtemps que je n'avais pas rêvé d'une femme, en tout cas d'une vraie. Je veux dire, d'une vivante.

Le projet se dessine, encore de manière floue. J'avale un restant de café de la veille, m'habille rapidement. Je me sens impatient, presque fébrile. Je sais que je vais y retourner, mais je ne me l'avoue pas encore. Je me rappelle que j'ai récupéré ma voiture, hier soir. Dans le garage, je me faufile entre les cartons de déménagement, rangés comme des cercueils.

Le rond-point avait changé en quelques jours. Outre la cabane qui avait fait son apparition, le pourtour était hérissé de pancartes aux slogans sommaires. J'ai hésité à prendre le gilet jaune, mais j'ai toujours été mal à l'aise avec les signes d'appartenance. Finalement, j'ai décidé d'y aller en civil. Comme le premier soir, je me suis posté à la périphérie du terre-plein central. L'atmosphère semblait plus conviviale. Il y avait des sourires sur les visages, quelques éclats de voix. J'ai vu qu'elle me regardait. J'ai rapidement détourné les yeux, fixant un groupe en train de peindre une banderole, tout en la gardant dans mon champ de vision.

Elle discutait près du barbecue. Le groupe a redressé la banderole si bien que je ne l'ai pas vue arriver. Ça m'a surpris qu'elle m'aborde, même si je crois que je l'espérais un peu. Donc, elle s'appelle Madeleine. J'étais à la fois flatté et mal à l'aise qu'elle s'intéresse à moi. Mes compétences relationnelles se sont singulièrement restreintes ces dernières années, mais je crois que j'ai réussi à faire bonne figure pour expédier les premières banalités. C'est après que ça s'est corsé, quand elle m'a interrogé sur mon boulot. Remarque, ce n'est pas le sujet de conversation le plus inattendu entre deux personnes qui ne se connaissent pas. Mais ne trouvant aucun intérêt à mon activité professionnelle de comptable déclassé, je suis toujours surpris qu'on me pose une question à ce sujet. En plus, vu les circonstances, pas sûr qu'il soit totalement opportun d'expliquer que je travaille pour une entreprise de recouvrement de créances, dont la raison d'être est de poursuivre des chômeurs en fin de droits, des mères célibataires, des travailleurs précaires ou des quadras divorcées en délicatesse avec leur crédit à la consommation.

Le silence que j'ai laissé s'installer m'a paniqué. Je me suis vu comme au scanner : la boule qui se reforme dans la poitrine, les synapses qui s'agitent en tous sens pour s'accrocher à un souvenir, une anecdote, un mot d'esprit, n'importe quoi à dire qui présentât une once d'intérêt. Bourdin m'a soufflé cette histoire absurde et poétique de l'apprenti missionnaire massacré par les indigènes à qui il voulait apporter la parole divine. Un aspirant à la première place au concours des morts vaines et ridicules. La réaction de Madeleine, quand je lui ai montré la photo d'un des sauvages visant un hélicoptère avec son arc, m'a stupéfié. Je m'attendais à une complicité ricaneuse. Au contraire, elle a exprimé de manière très sentencieuse une solidarité vaguement admirative. Comme si le guerrier indiquait la marche à suivre.

La détonation a fait se courber tout le monde sur le rond-point.

Je n'ai pas compris tout de suite ce qui s'était passé. Le bruit venait de la barrière de péage. Le type près du barbecue a crié : « Rien de grave, c'est une bombe agricole. »

On s'est retournés avec Madeleine en direction de l'autoroute. Deux tracteurs s'étaient disposés en travers, de manière à ne laisser passer les voitures que sur une file. Il y avait là une vingtaine d'hommes, en gilet jaune. Ils avaient déclenché quelques fumigènes.

J'ai demandé à Madeleine si elle les connaissait. Elle m'a dit oui de la tête, d'un air fâché. Ce sont des excités, a-t-elle lâché. Les gens sur le rond-point se sont rapprochés du barbecue. Je me suis tenu à distance. Je me rendais compte que je ne me sentais pas très concerné. Il semblait y avoir débat sur l'opportunité de bloquer le péage. Mais, surtout, le point le plus gênant semblait être que les bloqueurs aient lancé cette action sans en avoir parlé avec le reste du rond-point. Il y eut six ou sept prises de parole. Le dernier intervenant proposa que chacun fasse ce qu'il voulait, ce qui mit fin au débat.

Le groupe du péage s'était maintenant divisé en deux, les uns s'occupant d'arrêter les voitures et les laissant passer contre une marque de solidarité. Les autres s'affairaient dans le petit bureau à l'extrémité de la barrière.

Personne ne faisait attention à moi. J'en profitais pour observer Madeleine. Je me suis dit qu'elle était encore suffisamment jeune pour devoir, par principe, me trouver vieux. Elle portait une espèce de parka informe qui la faisait sans doute plus petite qu'elle n'était. Des cheveux officiellement blonds encadraient un visage d'enfant alternativement volontaire, boudeur ou inquiet. La posture bien campée, le buste légèrement en avant, trahissait une volonté d'en découdre. Pourtant la voix, elle, était plutôt douce, le débit tantôt agressif, tantôt résigné. Elle n'avait pas pris la parole pendant le débat, mais je notais que chaque fois qu'un certain Michel intervenait, elle hochait la tête comme par réflexe. Un instant, j'ai pu voir la petite fille qu'elle avait été.

Il y eut une clameur du côté du péage. Le petit groupe qui avait investi le bureau en était sorti en courant. Il y eut une explosion, plus forte que la précédente, et les flammes commencèrent à s'élever depuis le petit local.

J'étais au spectacle, regardant l'incendie qui progressait maintenant et avalait la barrière de béton. Il y avait le souffle du feu, la grosse fumée noire bien épaisse, le crissement des pneus faisant demi-tour. Il y avait surtout les rires, les visages ravis fendus de sourires, les exclamations choquées, incrédules et joyeuses.

Une atmosphère de sortie de stade. Quelqu'un aurait pu scander : « On a gagné ! » La foule était contente, contente d'être contente, contente d'être là, jubilant d'avance de pouvoir se dire : « J'y étais. »

Et moi aussi j'y étais. Et comment, que j'y étais !

Chapitre 4

Madeleine

Je ne sais plus qui est arrivé en premier des pompiers, des flics ou de BFM. Ceux-là, je ne sais pas comment ils s'y prennent, mais dès qu'il y a de la mort, du violent, du spectaculaire, ils accourent. On ne les verra jamais dans mon Ehpad, sauf si une de mes collègues pète les plombs et libère prématurément la chambre de quelques grabataires en sursis. Ils en feront des tonnes sur l'empoisonneuse de la maison de retraite ou l'aide-soignante maléfique. Quand j'étais petite, il y avait un journal comme ça, avec de grosses unes en noir et blanc, en dessin réaliste, qui s'affichaient sur les présentoirs des marchands de journaux. C'était inquiétant et distrayant. Maintenant, c'est à la télé qu'on voit ça. Il leur faut du spectaculaire, sinon ils ne bougent pas. Depuis une semaine qu'on est là, pacifiquement sur notre rond-point boueux, on n'a pas vu un journaliste. Et puis là, boum, ils rappliquent. Ils vont se planter devant les gyrophares, avec les flammes en arrière-plan, et c'est parti.

C'est Gérard qui a entraîné la bande du péage. Il est mauvais, celui-là. On le voit sur le rond-point depuis trois jours. Quand il est arrivé, il a peint une potence sur une pancarte et une guillotine sur une autre. Il a fait mine d'organiser un référendum pour déterminer laquelle on devait appliquer au Président. « Pour rire », a-t-il précisé, ce qui est encore plus terrifiant, quand on y pense. Moi, je suis peut-être en colère mais je ne suis pas haineuse. Je n'ai pas particulièrement envie de le pendre, le Président, encore moins de le couper en deux. Lui ou un autre, de toute manière. Et puis, je pense que ce n'est peut-être pas plus mal qu'il y ait quelqu'un pour contrôler les types comme Gérard. N'empêche, finalement, il n'avait peut-être pas tort. Mis à part les paysans du coin qui vont faire leurs courses au *Carrefour* et ceux qui travaillent à la ZAC, personne ne savait qu'on était là. Maintenant, on aura droit aux images en boucle sur BFM. Il faut que je fasse attention, d'ici à ce qu'on puisse me reconnaître. D'un autre côté, peu de chance que la vieille Mme Vigogne ou ce pauvre M. Letranchand me fassent coucou dans le salon télé. Déjà, ils ne reconnaissent pas leurs enfants quand ils viennent ! Je sais, je suis méchante. Mais bon, ça fait du bien de décompresser en se moquant un peu. S'occuper de vieux séniles, c'est proche de zéro en termes de reconnaissance. Les gens ne s'imaginent pas. Les vieux, ils ne font que râler, soit en mode geignard, soit en mode agressif. Ils se comportent comme des gamins mal élevés, mais il faut faire semblant de les traiter comme des adultes. Et aucun espoir de les éduquer pour qu'ils deviennent raisonnables, eux. Sauf quand ils atteignent le stade légume. C'est vrai, parfois on a plus le sentiment d'être des jardiniers, et encore, ils doivent avoir plus de gratification : au moins, leurs plantes fleurissent, les miennes ne font que décrépir. À quoi ça rime tout ça ? Les familles, c'est pas mieux. Quand elles viennent, elles sont souvent mal à l'aise, coupables, et donc agressives. Quand on s'en veut à soi, on s'en prend aux autres. Et les autres, c'est nous. On n'est pas assez attentifs, les repas ne sont pas bons, les chambres pas propres. Mais bon sang, ce n'est pas de notre faute s'ils pissent partout. C'est d'ailleurs souvent quand ils commencent à le faire que leurs enfants s'en débarrassent.

Michel a donné le signal du départ : on a tous quitté le rond-point pour prêter main-forte à ceux du péage. Grand seigneur, Michel. Pas besoin d'études de psycho pour voir qu'entre Gérard et lui, ça va finir en combat de mâles alpha. Michel, je l'aime bien. Il a une douce soixantaine, une chevelure grisonnante d'adolescent. Rien n'est discipliné chez lui, même les sourcils ont l'air de vouloir partir explorer le monde, et contrastent avec le regard, presque tendre. C'est un ancien svelte, le genre de nature à pouvoir manger et boire sans prendre un gramme. Reste qu'à un moment, la ceinture abdominale l'a trahi et les bières sédimentent un poil. Mais ça lui va bien, ça lui donne du moelleux. Il ne doit pas être de la région car il a un accent plus chantant que les gens d'ici. On sent qu'il se contient, le discours est posé mais le visage laisse passer de la virulence et parfois de l'angoisse. Il est raisonnable de profession, écorché de nature. Je crois qu'il était directeur d'un lycée professionnel ou quelque chose comme ça.

Quand on est arrivés près du péage, les camions de pompiers étaient bloqués sur la bretelle par un tracteur. Gérard s'agitait, insultant les flics, et vitupérant contre les sociétés d'autoroute. J'ai entendu qu'il parlait privatisation, contrat de concession, dividendes, scandales, racket, sans un regard pour le capitaine des pompiers qui lui répétait en boucle que la situation était dangereuse, que la structure de béton pouvait s'effondrer et qu'il fallait les laisser passer.

« S'il vous plaît, monsieur, laissez-nous faire notre métier. »

C'est là que les projectiles ont commencé à voler.

Chapitre 5

Patrick

Je ne l'avais pas repéré tout de suite, mais cela m'a fait un petit choc de le voir. Quand on s'est dirigés vers le péage, j'étais obnubilé par les flammes. Déjà que je peux rester devant un feu de cheminée pendant des heures, alors là, un incendie, un vrai… Lorsque j'ai détaché mes yeux du brasier, j'ai d'abord repéré les fourgons bleus des CRS et les camions de pompiers. Mais, bien discernable, dos au péage, face caméra, avec son micro bleu pétrole en étendard, je l'ai vu : le journaliste de BFM, le même, ou son clone, que celui dans la télé, presque le collègue de Bourdin. J'ai éprouvé un étrange sentiment de familiarité. Rien que de le voir, je savais sans l'entendre ce qu'il était en train de dire. Un journaliste de BFM, c'est un peu comme le Guide bleu que j'utilisais autrefois, quand on descendait en Italie : ça ne fait que décrire ce que vous voyez. Aucune explication, aucune mise en perspective. Du reste, avec leurs plans serrés, il n'y a aucune profondeur de champ. Le gars est planté devant une barrière de péage qui brûle et il dit : « Comme vous le voyez derrière moi, la barrière de péage est en train de brûler. » C'est à cause de cette redondance absurde que je me suis mis à écouter la radio.

Mais là, c'était presque moi qu'il allait pouvoir décrire. Peut-être même m'interviewer : Bonjour monsieur, comment vous appelez-vous ? Patrick ? Alors Patrick, dites-nous pourquoi vous êtes là ? Je souris en imaginant la tête du journaliste à qui sa rédaction a dit, vas-y coco, y a du lourd sur l'A43, une bande d'émeutiers a mis le feu à un péage, si je lui explique que c'est parce que ma voiture était en panne et que mon collègue Stéphane m'a proposé de me ramener... Et derrière, les experts en plateau dissertant sur le caractère très hétéroclite de la mobilisation : certains sont là à cause de la taxe sur le diesel, d'autres pour renverser le président, mais il faut aussi tenir compte de ceux, plus nombreux qu'on ne le croit, dont la voiture était en panne et à qui leur collègue Stéphane... Je pourrais aussi lui dire que je suis là pour Madeleine, mais ça, je sais que je n'oserais pas. Et puis, ça sonnerait trop comme Brel, beau, beau et con à la fois. J'aime bien me faire des dialogues, ça m'occupe quand il n'y a pas de feu dans la cheminée.

Elle a raison, Madeleine, le meneur du péage est un excité. Physiquement, il n'en impose pas vraiment. Taille et carrure moyennes, blouson de cuir brun sans style particulier, c'est son regard qui interpelle : yeux marron intense, encore assombris par des sourcils fournis et rectilignes. Beaucoup de cheveux, mais courts, avec une implantation nette et basse. Il parle beaucoup, vite, avec une sorte de gouaille étudiée, pas tout à fait raccord avec son discours très structuré mais toujours véhément. Même moi je peux encore me rendre compte que ce qu'il dit est trop évident pour être tout à fait honnête, et trop surjoué pour être tout à fait sincère. Mais ça porte : il désigne les coupables à abattre, les victimes à défendre ; il se moque des méchants, met les rieurs de son côté. Il sait prendre les gens dans le sens du poil, placer des mots sur leurs cris, faire grandir leur colère, la transformer en haine. Efficace, comme un caïd de collège, mais pas le cancre paumé, perdu pour le système, non, l'élève à l'aise, qui sait qu'il s'en sortira à la fin, lui, contrairement à ceux qu'il aura entraînés.

C'est tombé sur le capitaine des pompiers. Ça aurait aussi bien pu être le commandant des CRS ou le journaliste. Mais le fait est que ça a été le pompier, et j'ai trouvé ça moche. C'est lui qui a reçu le premier parpaing. Il est tombé net malgré son casque. J'entendais le choc des pierres sur les boucliers des CRS. Les pompiers ont traîné leur chef à l'arrière pendant que les RoboCops avançaient en première ligne avant de s'immobiliser. L'air s'était hystérisé, les insultes fusaient, les doigts se tendaient. Les premières grenades lacrymogènes m'ont fait tousser, pleurer aussi, comme il y a longtemps. C'était une première pour moi, et à voir les gens qui m'entouraient se frotter les yeux et cracher, je me suis dit qu'il ne devait pas y avoir beaucoup de manifestants aguerris parmi nous.

Les gaz ont eu un effet coagulant. Jusque-là, le groupe du rond-point et la bande du péage étaient restés séparés l'un de l'autre, chacun derrière son chef, se regardant un peu en chiens de faïence. Violents contre raisonnables, casseurs contre cassos. Juste avant que les premières pierres ne partent, Michel s'était agenouillé, les mains sur la tête, aussitôt imité par ceux de son groupe, Madeleine en tête. Le mouvement de la petite foule avait eu quelque chose de vaguement religieux, et pour tout dire, de franchement ridicule. La première chose qui m'est venue à l'esprit, c'est que ça devait faire mal aux genoux. Michel, mâchoires serrées, semblait défier les flics du regard, mais j'aurais juré que son attitude était plutôt un message destiné à l'autre groupe et son leader. Madeleine m'a regardé, avec un air de reproche, presque de dégoût. Sonné, j'ai fait un geste des bras vers le sol, plié légèrement les jambes comme si j'allais moi aussi m'agenouiller. Mais avec les premiers gaz, tout le monde s'est relevé avant que j'aie eu le temps d'atteindre le sol. Les groupes se sont mélangés. Les picotements puis la douleur ont eu raison des différences de tempéraments, d'idéologies et de tactiques. Il n'y avait plus qu'une seule et même colère, qui passait des bouches qui criaient aux yeux qui pleuraient, pour finir dans les mains qui lançaient tout ce qui pouvait faire projectile. Un beau bloc de colère brute.

Les CRS restaient immobiles, finalement pas si impressionnants. Ce qui m'a frappé à ce moment, c'était leur jeunesse. Et leur regard, totalement fixe, presque vide, comme pour maintenir la peur et l'émotion à distance.

Le Michel était particulièrement remonté. Floué qu'il était. Sa tentative de démonstration pacifique se retournait contre lui. Il devait percevoir ce qu'elle avait eu de théâtrale, d'autant qu'elle n'avait permis d'éviter ni le parpaing ni les gaz. Il lui fallait maintenant se mettre au diapason de la rage des siens. Désormais planté devant la ligne des casques, il interrogeait les flics : « Mais qu'est-ce que vous avez fait ? On était assis, sans armes, pacifiques, et vous nous gazez ? » Son beau flegme s'était fait la malle, balayé par une indignation naïve et vaine. Il secouait la tête, les bras, prenait des mines de dur qui sonnaient faux.

Je dois m'avouer que de le voir un peu pathétique m'a plutôt fait plaisir.

Chapitre 6

Madeleine

Mais pourquoi ont-ils fait ça ? On était assis, pas menaçants, et ils ont balancé les grenades. C'était horrible ; les yeux qu'on a envie de s'arracher, les poumons qui brûlent. On s'est mis à crier, de douleur, de rage. On s'est tous relevés mais personne n'a couru, personne n'a reculé, surtout pas. Il ne faut pas s'étonner que les gens jettent des pierres. Ils provoquent, nous agressent, nous cognent, et après on nous reproche de nous défendre. La fumée était partout : la noire qui venait du péage en flammes, et la jaune, dégueulasse, toxique rien qu'à la regarder, de leurs lacrymos. Et puis le bruit : le bruit des explosions, le bruit de leurs grenades, dix fois plus puissant que celui de nos cailloux sur leurs casques. Là, sur cette entrée d'autoroute, la plus familière de toutes, celle du *Carrefour* du samedi, on se serait cru à Beyrouth.

Beyrouth, évidemment je ne connais pas. Je ne connais pas grand-chose d'autre que ce coin de terres froides, en fait. J'habite à dix kilomètres en comptant large, de l'endroit où j'ai grandi : la ferme de mes parents. Eux, ils sont carrément morts où ils sont nés, enfin ma mère, puisque la ferme appartenait à sa famille. Mon père s'était installé en loup comme on disait autrefois des hommes qui allaient vivre chez leur belle-famille après leur mariage, pour compenser le fils manquant. Ils n'ont jamais beaucoup bougé. Une fois ou l'autre à Lyon, dont l'une quand ma mère a accouché de moi, une fois à Paris, leur grand voyage, organisé par une amicale quelconque d'un bled alentour. Mis à part la tour Eiffel, ils ne m'en ont jamais vraiment dit grand-chose. J'y ai été moi, à Paris, il n'y a pas très longtemps d'ailleurs, voir ma cousine. Mon père avait six frères et sœurs. Cette cousine, Florence, c'est la fille du petit dernier, celui de la portée qui a le mieux réussi. Il était médecin à Lyon. On n'allait jamais chez eux, mais ma cousine venait souvent à la ferme. On a passé beaucoup de nos vacances ensemble. Enfin, les petites vacances, celles de Pâques, ou alors la première quinzaine de juillet. Pendant les grandes vacances, ma cousine partait loin avec ses parents. Elle m'envoyait toujours une carte postale de là où elle était. C'était gentil, sans doute, mais moi, ça me faisait enrager. Mon père était impressionné par son petit frère. Il ne se comportait pas en aîné avec lui. Quand on les recevait le week-end, il nous faisait la leçon à mon frère et à moi, au moins une heure avant qu'ils arrivent, comme quoi il fallait qu'on se tienne bien, qu'on ne lui fasse pas honte devant son frère. Mon oncle, pourtant, il était plutôt sympa. J'imagine que c'est ce qu'on appelait, à l'époque, un intellectuel de gauche, tolérant, décontracté, beaucoup plus souple que le mien en matière d'éducation. Il n'avait pas oublié d'où il venait, pourtant, et il montrait beaucoup de respect pour mon père, ses savoirs de paysan, beaucoup d'intérêt pour la terre, les bêtes. Je ne pense pas que c'était feint. Mon père, par contre, était incapable de s'intéresser à ce que faisait son frère, je crois qu'il se l'interdisait, par complexe et par jalousie. Il lui en voulait même de m'avoir mis cette idée d'être médecin dans la tête. Il n'y était pour rien pourtant, mon tonton, c'est moi toute seule qui m'étais fait ce film. Sans trop de succès, il faut dire, pour ça, mon père a eu raison.

Cela faisait plusieurs fois que ma cousine me proposait de venir la voir à Paris. Jusqu'à son dernier coup de fil, il y a quelques mois, j'avais toujours refusé, sans trop savoir pourquoi. Dès que je suis arrivée Gare de Lyon, j'ai su pourquoi. Ma cousine n'avait pas pu venir me chercher, elle avait une réunion, elle disait un *meeting*, et n'était pas sûre d'arriver à temps, avec les embouteillages. Ça ne m'aurait pas gênée de l'attendre mais elle a insisté pour que j'aille chez elle en métro, « c'est pas compliqué, je te donnerai les indications », avec un ton qui me faisait comprendre qu'elle n'était pas totalement sûre que mon QI de bouseuse soit vraiment en mesure de me permettre de prendre un ticket de métro, de ne pas me tromper de ligne et de descendre à la bonne station. Merci cousine, aussi bizarre que cela puisse paraître, je sais lire un plan et je peux acheter un ticket dans un automate, avec une carte bleue dont je n'ai pas eu besoin de faire tatouer le code sur le cul de ma vache. En revanche, je dois reconnaître que je n'avais pas imaginé que le stress commencerait dès les escalators, au bout du quai. Je me suis fait engueuler sans comprendre, avant de réaliser qu'un escalator à Paris, c'est comme une autoroute, les lents sur la file de droite et la file de gauche sert aux dépassements. C'est vrai que tout le monde court ici, sauf les SDF, vautrés sur leurs cartons crasseux, ou les professionnels de la mendicité, Roumains estropiés, mystiques face contre sol, familles syriennes, plantés comme des avertissements : gare à celui qui s'arrête. Alors, allez-y, courez, les Parisiens ! Au premier qui arrivera à l'Ehpad. Et là, il faudra bien que vous m'attendiez, pour que je vous débarrasse de votre couche sale, comme les copains.

Ma cousine m'avait concocté un super programme. Elle m'a emmenée voir des friches industrielles pleines de murs tagués à la bombe qu'elle mitraillait avec son iPhone, boire des mixtures improbables dans des entrepôts, manger des trucs pas bons dans une salle qui me rappelait la cantine de mon collège. À un moment, son regard s'est figé, et elle m'a dit, si bas que j'ai dû me pencher pour l'entendre, qu'il y avait Sandrine Kiberlain derrière moi. Alors, j'ai voulu me retourner, et là, elle m'a donné un coup de pied sous la table en me fusillant du regard. Après, elle a absolument voulu me montrer le Bataclan et les terrasses, mais on n'était pas synchro, question émotion. Ça m'a mise mal à l'aise, ce qui l'a énervée. On est rentrées en vélo, enfin en Vélib'. Elle semblait ravie, non, fière, de circuler en vélo, genre je sauve la planète. Moi j'ai craqué quand un bus m'a serrée contre un trottoir, et on est rentrées stupidement à pied en poussant des vélos qui pèsent un âne mort et qui nous avaient quand même coûté 6 euros. Il a en plus fallu que j'insiste pour aller voir la tour Eiffel et *La Joconde*.

Je me demande ce qu'elle pourrait penser si elle me voyait sur BFM. À un moment, j'ai vu qu'ils tournaient, ils filmaient Michel quand il s'en est pris aux flics. Il était magnifique Michel, digne et indigné. J'étais juste à côté de lui, avec un peu de chance, je suis dans le champ. Si ma cousine me voit, elle risque d'en avaler son jus détox de travers.

On était au premier rang avec Michel, quand les policiers ont chargé. Je n'avais jamais reçu de coups de matraque avant, guère de coups tout court, d'ailleurs. Je n'étais pas une bagarreuse de cour d'école, et je ne me rappelle pas que mes parents m'aient jamais battue. Il y a eu une onde de douleur et d'incompréhension qui est partie de mon épaule droite, quand le CRS a frappé. Je jurerais l'avoir sentie remonter jusqu'à mon cerveau et j'ai buggé. Je me vois, les yeux écarquillés, incapable de bouger, les mains le long du corps, tétanisée.

Je n'ai pas réagi quand un flic en civil m'a ceinturée.

Chapitre 7

Patrick

Tout entier occupé à haranguer les CRS, Michel n'avait pas remarqué que les plus violents des manifestants avaient décroché. Je m'étais décalé et rapproché du point où l'équipe de BFM faisait des images. Comme je n'avais pas de gilet jaune, la police ne me portait pas trop d'attention. J'ai entendu que le journaliste indiquait que le capitaine des pompiers était en état d'urgence absolue. J'ai réalisé que cette expression était devenue totalement familière, depuis les attentats. Avant, il me semble qu'on disait entre la vie et la mort, tout simplement. J'ai repéré le gars qui avait lancé le parpaing, un type costaud, coiffé d'un bonnet de docker. Son regard était dur, méchant. Pas du tout l'attitude de quelqu'un qui vient de se rendre compte et qui regrette. Au contraire, plutôt du genre à remettre ça. Quelqu'un cria : « Gérard ! » L'homme au blouson marron se rapprocha, les sourcils froncés. Je me suis dit que lui avait dû prendre la mesure de la situation.

Il était décidément habile dans la manipulation : prenant l'homme au bonnet par l'épaule, il lui a fait faire demi-tour, afin qu'il ne voie plus la ligne des CRS. Je voyais qu'il lui parlait, tête contre tête, comme un entraîneur murmure à l'oreille de son boxeur en attendant la reprise du combat. En même temps, il lui enlevait fermement le gilet jaune et, sans accélérer, l'éloignait du centre de la mêlée. Ils disparurent dans le nuage jaune des fumigènes.

L'attitude des policiers avait changé. Ils n'affectaient plus ni distance ni sérénité. Ils étaient partis en chasse. Un flic en civil hurla quelque chose à un officier casqué. Je me sentais étonnamment lucide et en éveil, en dépit du brouhaha et des fumées. Mais je n'ai pas réalisé tout de suite qu'il avait employé les mots « tentative de meurtre ». Quand je me suis retourné, j'ai vu que Michel et Madeleine venaient de se faire arrêter. Lui continuait à protester et à gesticuler, mobilisant deux policiers pour le maîtriser. Madeleine, elle, semblait totalement résignée. Elle se tenait l'épaule avec une moue d'enfant grondée, vacillant sous la douleur et l'injustice, même plus capable de colère.

Quand elle m'a vu, les CRS avaient avancé, si bien que je me trouvais derrière leur ligne, près des journalistes : la position du traître, de l'indic. En tout cas, c'est ce que j'ai lu dans ses yeux. J'ai dû prendre mon expression de chien battu, je la reconnais sans même me voir. Je voulais lui dire, non, ce n'est pas ce que vous croyez. Elle est passée à quelques centimètres de moi, poussée par un policier. Je lui ai murmuré : « Ne vous inquiétez pas, je connais un avocat. » Elle n'a pas détourné les yeux. Même ses épaules en partant, me signifiaient toute sa haine.

Qu'est-ce qui m'a pris ? Je connais un avocat ! Et pourquoi pas un ministre tant que j'y étais. Depuis cinq ans, depuis que je me suis installé dans ce trou, ou plutôt réfugié ici, ma seule relation, c'est Stéphane. Il est employé au service juridique, un peu juste pour en faire un avocat. J'ai coupé les ponts avec mes relations de ma vie d'avant. La dernière fois que je les ai vues, c'était au cimetière. Il paraît que les gens étaient là pour me soutenir. Normalement, c'est comme ça que cela se passe. Mais derrière les sourires contrits, au-delà des accolades, des pauvres mots vains, il y avait chez tous ce point d'interrogation en forme de reproche : comment as-tu pu la laisser faire ça ? Cette question, elle était dans ma tête, oh que oui, bien fichée dans le cortex, je n'avais pas besoin de la voir dans leurs yeux. Et puis quoi, qu'avaient-ils fait, eux, nos amis, pour l'aider, pour nous aider ? L'idée même de les revoir m'a tout de suite paru incongrue. Leurs vies allaient continuer. Passé les quelques moments d'émotion compassionnelle, tout ceci ne serait bientôt plus pour eux que l'objet de conversations graves de début de soirée entre amis, avant qu'une sociabilité légère ne chasse ces noires pensées de survivants. Ma vie à moi, en tout cas celle que j'avais en commun avec eux, s'était déjà arrêtée, cinq jours plus tôt, le jour où Mathilde a sauté. Dès les dernières poignées de main aux grilles du cimetière, alors que je les regardais partir, j'imaginais les conversations dans les voitures, détaillant les signes avant-coureurs, les démissions successives, les regards détournés, les faux espoirs entretenus. Je les entendais faire le compte de mes mauvaises décisions, souligner mon impuissance rageuse, puis résignée, face à cette envie de vivre qui s'écoulait comme du sable. J'ai su que je ne les reverrais jamais. J'imaginais ma gêne lors de nos rencontres, et plus encore la leur, l'éléphant dans la pièce en forme de silhouette dessinée à la craie sur un trottoir, les non-dits, les silences lourds ou les échanges artificiels – sur quoi Bon Dieu, le temps, le travail, l'actualité ? De quoi pourraient-ils donc me parler désormais qui ne soit pas petit et insignifiant ? De quoi pourrais-je donc les entretenir sans plomber leur ambiance ? Au moins, en rompant tout de suite, leur éviterais-je une culpabilité inutile, et à moi la douleur de leur abandon inévitable.

Mathilde m'avait laissé un message sur ma boîte vocale. Elle avait tout prévu : la veille au soir, elle avait planqué mon téléphone, ce qui fait que j'étais parti sans au boulot. Sa voix était très calme, sereine comme aux premiers temps. Elle me demandait de lui en vouloir à elle, pas à moi, de lui pardonner peut-être, et surtout de vivre. C'est idiot, mais c'est grâce ou à cause de ce message que j'ai continué de vivre, « vaille que vivre », comme dit la chanson de Barbara. Pour répondre à l'injonction d'une femme qui, elle, avait choisi d'être une morte pour le restant de mes jours. Quand j'y pense, c'était cela sans doute le plus cruel.

Je n'avais pas encore mis en vente la maison de ma mère, celle où elle avait fini sa vie, et elle m'est d'emblée apparue comme le lieu idéal : aucun de mes amis ne connaissait ce village, tellement banal qu'il en devenait indiscernable, inaccessible, presque absent des cartes. Du reste, les vieux d'ici racontaient que personne n'avait jamais vu d'Allemands pendant la guerre, tellement le village était transparent, à l'écart des routes et en dehors du monde. Un non-lieu de rêve pour passer le reste d'une non-vie. Trouver un nouveau job fut une formalité : le chagrin n'avait pas aboli mes compétences, il avait en revanche anéanti toute forme d'amour-propre, toute revendication de statut et même toute exigence financière. J'étais un rêve pour DRH : ni ambition ni frustration, une efficacité de pilote automatique, je travaillais pour vivre et vivre exigeait peu. Mais me demandait beaucoup.

Après l'arrestation de Michel et Madeleine, et la première charge de CRS, tout le monde s'est dispersé et la barrière de péage fut dégagée, permettant aux pompiers d'intervenir enfin. Les éléments les plus violents, les premiers à avoir engagé les hostilités, avaient été les premiers à déguerpir. Le reste des troupes regagna le rond-point, prêt à y soutenir un siège.

Chapitre 8

Michel

« Michel Blanchard, je m'appelle Michel Blanchard. Vous avez conscience que c'est la troisième fois que je vous le dis ? »

Je n'aurais pas dû ajouter cette remarque. J'ai noté que l'inspecteur ou le lieutenant, je ne sais quel est son titre, n'a guère goûté ce commentaire ironique. C'est ma première expérience dans un commissariat. Plus miteux que dans les séries, bien loin de l'atmosphère de loft de *NCIS*. J'aurais sans doute du mal à le reconnaître une fois sorti, mais l'honnêteté m'oblige à constater qu'à côté de leur gourbi, une salle des profs, c'est presque Byzance.

Il est beaucoup plus jeune que moi, l'inspecteur. Il a le visage fermé. J'ai réussi à me calmer depuis qu'ils m'ont interpellé. Qu'ils nous ont interpellés, d'ailleurs. Comment s'appelle-t-elle déjà, Martine ?

Pauvre fille, elle est sympathique. Même si ce n'est pas la lame la plus affûtée du tiroir, elle ne mérite pas ça. Ah non, c'est Madeleine. Il me prend de haut, le flic.

« Monsieur Blanchard, vous ne semblez pas vous rendre compte de la gravité de la situation. »

Il a dit ça avec un air solennel et une pointe de condescendance. Le ton sévère mais non dénué de bienveillance, le même que celui que j'utilisais avec les gosses envoyés dans le bureau du directeur par des professeurs débordés. Je n'ai pas envie de rentrer dans son jeu.

« Au contraire, lui dis-je, je trouve très grave d'être arrêté alors que je ne faisais rien d'autre que manifester pacifiquement.

— Reconnaissez-vous être le meneur de ce groupe, monsieur Blanchard ?

— Absolument pas, les gens qui étaient là sont tous venus de leur propre initiative, sans organisateur ni meneur.

— Vous dites que vous manifestiez pacifiquement, mais vous avez bien remarqué que la barrière de péage avait été incendiée ?

— J'ai vu qu'elle brûlait effectivement. Je ne sais pas ce qui s'est passé, j'étais encore sur le rond-point quand le feu s'est déclaré.

— Vous étiez professeur, vous maîtrisez la voix passive… »

Il élève un peu la voix maintenant :

« Mais un feu ne se déclare pas tout seul, monsieur, quelqu'un l'a allumé, ce feu ! »

Il laisse passer un temps, puis me demande pourquoi j'avais quitté le rond-point.

« J'ai vu que la police arrivait, je me suis dit qu'il risquait d'y avoir des incidents.

— Je reformule : vous vouliez protéger les manifestants de la police, c'est cela ? »

Je choisis de ne pas répondre. Il a plus d'expérience que moi à ce petit jeu.

« Je reformule encore, sérieusement cette fois : vous vous êtes interposé entre des incendiaires et les forces de police venues pour les arrêter. Et vous avez, par votre action, empêché l'action des pompiers venus éteindre le feu. *A minima*, ça fait de vous un complice, à supposer que vous ne soyez pas l'instigateur. »

Je commence à me sentir nerveux. Je n'ai ni l'âme ni l'expérience d'un délinquant. Il cherche à me faire peur, et ce qui m'irrite le plus, c'est qu'il y parvient.

« Mais ce n'est pas le plus grave, monsieur Blanchard. »

Cette fois, il laisse un long silence. J'ai beau décoder son manège, je suis de plus en plus mal à l'aise. Je me rejette en arrière sur ma chaise, pour prendre un peu plus d'air, tenter de sortir du cercle de tension.

« Le capitaine des pompiers, qui a été délibérément visé par un parpaing, est entre la vie et la mort selon les dernières informations que j'ai. On a passé un cran, monsieur Blanchard, on n'en est plus à la dégradation de biens ; on parle de tentative d'homicide. »

Cette fois, je suis cueilli. Je sais que je n'ai rien à voir avec ça, mais immédiatement, j'imagine le pire. Qu'est-ce qui les empêche de dire qu'ils m'ont vu lancer le parpaing ? Ce sera parole contre parole, et il me semble qu'ils sont assermentés, même si je ne mesure pas bien la portée juridique exacte de ce que cela signifie.

« Vous savez bien que je n'ai pas lancé ce parpaing. »

J'ai parlé avec une véhémence que je suis le premier à juger suspecte.

« À ce stade de notre enquête, je ne sais rien. »

Il prend un ton très administratif et me signifie que je suis en garde à vue. Je crois juste avoir compris que j'avais le droit de prévenir un avocat. Je ne connais pas d'avocat. Je pense à mon notaire. Mon notaire, ça fait vieille famille bourgeoise, alors qu'il s'agit juste du premier notaire de la région proposé par Google et qui a réglé la pauvre succession de mon père. Cette divagation m'empêche d'enregistrer quoi que ce soit de la suite de sa tirade. Même la durée de ma détention m'a échappé. Il se lève et me laisse seul face à son bureau.

J'essaye d'éliminer les pensées parasites et de me remémorer la séquence des événements. Comment en suis-je arrivé là ?

Ça avait commencé par une conversation avec des anciens élèves croisés à *Carrefour*. Ils m'avaient raconté rigolards que leurs parents s'étaient mis dans la tête de « faire la révolution » et qu'ils avaient décidé d'occuper un… rond-point. Ils avaient dit ça en éclatant de rire. Cependant, derrière l'ironie, on décelait facilement l'excitation et même un soupçon d'admiration. Il se passait quelque chose de pas commun dans le canton, et ils en étaient partie prenante, au moins par contagion. Les parents en question, je ne les connaissais pour ainsi dire pas : ce n'étaient pas vraiment les plus assidus des réunions parents-professeurs. C'est donc un peu par curiosité que je suis arrivé sur ce rond-point. En même temps, je me suis d'emblée senti solidaire. Je suis bien moins à plaindre que beaucoup et certains d'entre eux me traiteraient sans doute de privilégié dans un autre cercle que ce rond de pelouse. Mais là, ils ne l'ont pas dit. Ils m'ont accueilli. Fondamentalement, pour le syndicaliste que j'ai toujours été, c'est le degré zéro de la lutte et des solidarités. Elle se résume au constat partagé qu'on en a marre, même si on n'est pas sûrs d'en avoir tous marre de la même chose. Mais qu'importe. Cela fait tellement de temps que je suis raisonnable, que je vote utile, que j'avale des couleuvres. L'expression d'une colère claire, voire d'une vraie rage, me suffit. Et puis, il l'a bien cherché, après tout, ce Président. Je suis enseignant, les premiers de la classe, justement, c'est bien dans une classe. Mais dès qu'ils en sortent, ils m'insupportent. J'ai du mal avec le brillant, le facile, la réussite. C'est presque viscéral, je m'en méfie. La complexité ? Trop souvent un artifice, une ruse, l'alibi pour ne rien changer. En tout cas, la simplicité, ça repose, ça fait du bien. Pourtant j'en ai manié des concepts, je m'en suis trituré des méninges. Pour faire quoi ? Prétexte à inaction, tout ça. Comprendre, c'est accepter. Ici, sur le rond-point, on n'explique pas, on ne comprend pas, on n'accepte pas, point barre. On ne théorise pas, on mange, on occupe, on manifeste. On prend bien soin de ne pas trop approfondir, de ne pas trop décoder. On fonctionne à l'évidence. L'évidence du frigo vide, l'évidence du plein plus cher, l'évidence de la fiche de paie trop juste pour l'évidence du loyer. Là-dessus, pas besoin de congrès, de motions, de débats. Pour le reste, moins on en sait sur ce que pensent les autres, plus ça nous permet de rester conviviaux et unis. Ça m'a redonné un peu d'énergie et de foi en mes prochains, ces quelques jours de rond-point. Une légère ambiance de kermesse, bière, barbecue, un peu de musique. Avec l'alibi de la gravité de la situation et la légitimité des laissés-pour-compte. Et puis, un public, un peu aussi. Ils m'écoutent, mais surtout, ils ont besoin de mes mots pour s'exprimer. Tout s'est un peu gâté avec l'arrivée de Gérard. Je suis sûr que ce n'est pas lui qui a jeté le parpaing, pas physiquement en tout cas. Mais depuis le début, il cherche à accroître la tension, il provoque. C'est pour ça que j'ai quitté le rond-point quand j'ai vu les flammes, que je me suis assis, pour calmer le jeu. Et c'est moi, le doyen de cette bande, l'ancien directeur de lycée, qui me retrouve en garde à vue, presque accusé de meurtre.

Je ne sais trop à qui j'en veux le plus.

Chapitre 9

Patrick

Ce soir, j'ai de nouveau essayé de me coucher tôt. Pas par ennui, non. Par dégoût. Pour chasser l'image des épaules de Madeleine qui me renvoyaient à mon inaction et à ma lâcheté. Plus aussi simple, cependant. Le sommeil ne venait pas, ni après les sept minutes réglementaires, ni même plus tard. Je restais taraudé par ma promesse imbécile.

Je me suis mis alors à penser à lui, comme une possible solution. L'idée est apparue, comme une petite lumière un peu incongrue. Puis elle s'est installée comme une évidence. Quand même, combien de temps que l'on ne s'est pas revus ? Quinze ans, vingt ans ? C'était bien avant la mort de Mathilde. Et encore, c'était totalement fortuit. On s'était croisés rue de la République, on avait tous les deux feint d'être contents de ce hasard. On avait compté, déjà à l'époque, les années depuis notre dernière rencontre. Cinq ans, dix ans ? Il m'avait demandé des nouvelles de Mathilde. J'avais menti, sans insister, ça va, elle reprend du poil de la bête. Il s'était satisfait de cette réponse, tant mieux, tant mieux, il faudrait qu'on se revoie, alors. Il a enchaîné, c'est vrai, c'était compliqué, avec l'histoire de la dépression de ta femme, vous étiez juste trop tristes. Trop tristes pour quoi, enfoiré ? Pour être présentables dans tes soirées sans plomber l'ambiance ? J'ai dit qu'il fallait que j'y aille. Quelques semaines plus tard, il nous a invités par mail à son mariage, le troisième ou le quatrième, j'avais perdu le fil. J'ai prétexté un déplacement, l'ai félicité d'un *Mazel Tov !* bien que ni lui ni moi ne soyons juifs, et ce fut notre dernier échange. Il avait été mon témoin de mariage, je ne l'ai pas convié à l'enterrement de ma femme.

Je me suis levé, encore réticent, mais sachant qu'au fond, je ne pouvais plus reculer. Il était encore suffisamment tôt. L'un des avantages de notre époque, c'est la mémoire des téléphones portables. Même quand on en change, le nouveau récupère les souvenirs du précédent. Pas besoin de rechercher fiévreusement un vieux carnet oublié dans on ne sait quel carton ou tiroir. Ses coordonnées étaient bien rangées dans ma carte SIM, comme si on s'était parlé la veille. J'ai encore eu une hésitation. Vas-y, de toute manière il y a des chances qu'il ait changé de numéro. Et puis un samedi soir, il est sûrement pris, il ne répondra pas.

Dès la deuxième sonnerie, pourtant : « Allô, Serge Rodriguez. » Il était donc passé à Serge. Quand on s'était connus, étudiants, c'était Sergio. Au début des années 80, l'Amérique latine conférait une aura révolutionnaire plus raccord avec ses idées politiques de l'époque. Il était trotskiste en première année, socialiste – mai 81 oblige – en deuxième. Il n'avait que méfiance pour les chrétiens de gauche, méprisait les réformistes, brocardait la gauche américaine dont je me sentais proche. Il avait la révolution un peu macho, d'ailleurs Mathilde a toujours pensé qu'il était violent avec ses compagnes successives. Mais entre le mec de la petite ville de campagne que j'étais et l'urbain branché, ça avait tout de suite collé. Il m'avait pris sous son aile, je n'avais pas les codes intello-estudiantins. Il avait continué en droit quand je m'orientais vers des études plus courtes de comptabilité, mais pendant des années, je crois que l'on peut dire que nous étions proches. Il était passé à Serge quand il avait eu le barreau. Le banlieusard, petit-fils d'immigrés républicains espagnols, aspirait dorénavant à la notabilité. L'originalité du patronyme lui suffisait. Trente ans plus tard, fortune faite, il s'était tellement fondu dans sa caste, bourgeoise et sarkozyste, que je m'étais demandé s'il n'allait pas non plus franciser son nom en Rodriguet.

Il a répété : « Allô ? » La voix n'avait pas changé. Avenante, séductrice, presque enjôleuse. Une voix qui va chercher son interlocuteur, l'entraîne, le désarme. Le garçon avait des prédispositions pour être vendeur de cravates, mais finalement, ça marchait aussi pour être avocat.

« Ah, en fait je cherchais à parler à Sergio. »

Il y a eu un blanc. Dans ma tête aussi d'ailleurs. Je me suis étonné de ma phrase, ça faisait longtemps que je n'avais pas dit quelque chose qui me surprenait en bien.

« Patrick ? Eh ben ! Ça fait un sacré bail ! Bien sûr, toujours là pour toi, mon grand.

— Ah, super. En fait, je cherche un avocat. »

J'ai dit ça comme ça, comme pour m'en débarrasser. À un ami, enfin, un ancien ami, perdu de vue depuis des années, dont je ne sais pas ce qu'il est devenu, qui ignore peut-être ce qui est arrivé à Mathilde, avec qui on pourrait passer des heures à se mettre au niveau sur nos existences respectives, et pour finir avec qui un être normal, encore soucieux de relations avec ses semblables, devrait prendre plaisir à reconnecter le fil de conversations que les hasards de la vie, les malentendus, les paresses réciproques, avaient interrompu. On aurait dû commencer par petites touches, les questions rituelles d'abord, qu'est-ce que tu deviens, c'était quand la dernière fois, puis les vraies infos, qu'on livre sans barguigner, et on finit presque émus par les souvenirs et les confidences, surpris et heureux de la confiance retrouvée. Et moi, tout de go : je cherche un avocat !

« Tu aurais dû appeler au cabinet alors, on me trouve facilement sur *Google*… »

Il avait marqué le coup mais la voix restait douce, signifiant que le canal demeurait ouvert. Il a repris, sur le même ton :

« Au fait, j'ai appris pour Mathilde. Je voulais te faire signe à l'époque…

— Oui, excuse-moi. Ça a été compliqué, enfin, ça reste compliqué. Je ne vois plus grand monde, plus personne de la fac. Et plus personne du tout, en fait.

— Oui, j'imagine. Enfin… je ne sais pas… Et alors, qu'est-ce qui t'arrive, tu as braqué une banque ? »

Je lui ai expliqué. Le rond-point, l'incendie du péage, le capitaine des pompiers, le parpaing, le flic qui parlait de tentative de meurtre, le type au bonnet, l'arrestation de Madeleine.

« OK, je vois. Bon, tu sais Patrick, je ne suis pas pénaliste. Je suis plutôt dans le droit des affaires. Mais je peux te donner un nom, quoique pour être franc, mes relations ne sont pas vraiment dans la défense de l'opprimé, si tu vois ce que je veux dire. Et toi, dis donc ! Je n'aurais pas imaginé que le gentil social-démocrate se soit transformé en gilet jaune venant au secours d'une passionaria des ronds-points ! Cela dit, elle ne me paraît pas risquer grand-chose, ta Madeleine. Mais c'est qui, au fait, pour toi ? »

La question m'a interloqué. C'est vrai, qui était-elle au juste pour moi ? Dans les quelques secondes que me laissait le rythme normal d'une conversation téléphonique, la seule réponse possible me paraissait devoir être : personne en particulier. Mais on ne reprend pas contact avec un ami perdu de vue depuis plus de dix ans pour personne. Elle devait donc bien être quelqu'un. Je n'allais pas dire une camarade de lutte, j'aurais été grotesque, surtout face à un Sergio devenu Serge. J'ai bredouillé : « Une amie. »

« Je vois, a-t-il fait, avec un ton amusé, plein de sous-entendus vaguement salaces, comme ceux qu'on échangeait du temps où l'on partageait le même appartement avec deux autres étudiants, en attendant que les copines amenées le soir par l'un d'entre nous fassent l'objet des commentaires plus explicites de tous, le lendemain matin après leur départ. Une amie, comment ?

— Une amie tout court. Tu as raison, je me suis affolé pour rien. Excuse-moi de t'avoir dérangé, merci de ton aide. Vraiment, je suis désolé. Bon, ben... on se recontacte. »

Je ne suis pas sûr de lui avoir laissé le temps d'une réponse. Je me sentais oppressé, confus et ridicule. Perturbé aussi. Beaucoup trop d'affects, absence totale de maîtrise, le cœur qui s'emballe. Tout ce que je m'étais ingénié à refouler, à chloroformer, en m'installant méticuleusement dans une vie vide semblait sur le point de réapparaître. J'avais réduit au maximum mes contacts avec l'extérieur afin que tout reste atone, qu'aucune sollicitation, qu'aucune association d'idées ne permette aux fantômes consciencieusement enfouis de refaire surface. J'avais construit brique après brique une forteresse vide comme une condition pour ne plus souffrir. Et il avait suffi que je laisse une femme m'adresser la parole, pour que mon besoin d'empathie s'invente une loyauté, pour que le souvenir de son visage se transforme en désir de la revoir et que cette simple idée de relation suffise à faire renaître les images de Mathilde, riant de bon cœur à l'apéro sur le canapé d'un couple d'amis, pleurant seule dans notre chambre, mangeant un *gianduiotto* sur le Zattere, gourmande et enfantine dans le doux soleil de la lagune, puis devenant, en un changement de plan de ma mémoire, dure, mutique, inaccessible au réconfort, abandonnée d'elle-même.

Qui était-elle pour moi, Madeleine ? Peut-être une étincelle de hasard, débarquée impromptue dans mon monde, pour m'obliger à reprendre le cours du temps, me forcer à dépasser le présent figé que je m'étais construit, faisant réémerger le passé pour m'obliger à envisager l'avenir.

J'aurais dû la cribler de flèches.

Chapitre 10

Gérard

Quand j'ai vu le pompier s'effondrer, je me suis dit que cela venait un peu tôt. Les gens n'étaient pas encore assez excités, pas encore assez acclimatés à la violence, pas entraînés. Les flics allaient nous rentrer dedans comme dans du beurre, d'autant qu'à ce moment, la bande emmenée par ce grand mou de Michel était assise, les mains sur la tête. Ridicule.

La première chose à faire était d'exfiltrer le gars qui avait lancé le parpaing. Je l'avais déjà repéré. Depuis que je me suis pointé sur ce rond-point, j'ai fait un tri rapide, entre les gentils paumés, et les vrais durs, ceux qui n'ont pas peur des coups, qui assument d'être violents. Mais lui, il appartient à une troisième catégorie : ceux qui viennent pour être violents, sans but particulier. Il faut s'en méfier, des bas-de-plafond. Pas besoin d'être grand clerc pour voir que sous son bonnet de docker sont plantées tout un tas d'insanités, qui, sitôt germées, se retrouvent sans filtre sur sa page Facebook. S'il se fait arrêter, ça fera immédiatement les gros titres de ces charognards de journaleux et ce ne sera pas bon en termes de communication. Et puis, d'un point de vue plus militaire, autant ne pas perdre tout de suite de la bonne chair à canon, costaude et dure au mal.

Après lui avoir enlevé son gilet, je l'ai poussé dans sa voiture. Il y serait bien retourné, le bougre. Il était hors de lui, enragé de sa propre violence. J'ai dû lui promettre qu'on aurait plein d'occasions de remettre ça. Il a fini par démarrer. Après j'ai fait signe aux mecs de mon groupe. On a tous escamoté les gilets et on s'est égayés *fissa*. Pendant ce temps, ce brave Michel et sa groupie se faisaient serrer par les keufs. Trop drôle.

En fait, c'est mieux que drôle, c'était inespéré. Le fait qu'ils aient arrêté les gentils manifestants pacifiques, je vais pouvoir m'en servir pour en faire trois tonnes sur la répression, l'état policier ; allez, si je suis en forme, j'irai jusqu'au racisme anti-pauvres ! Je ne vais pas hurler au fascisme en revanche, je risquerais de m'aliéner une partie de mes nouveaux copains. Je rigole. Pas tant que ça, en fait, les ennemis de mes ennemis ne sont pas mes amis, mais un peu quand même…

C'est dingue, l'ironie de la situation, quand on y pense. Ça fait des années qu'on ratiocine dans des arrière-salles, qu'on publie des manifestes en mode samizdat plein de concepts fumeux sur la convergence des luttes, l'insurrection qui vient, plein de références pompeuses – tout le panthéon de mes trois années de socio y a défilé –, et qu'il ne se passe rien. Et tout d'un coup, quelques invisibles périphériques, des fans de tuning, une Milf en 4×4, et crac, c'est parti comme de l'amadou. Quelle claque ! L'avant-garde du prolétariat n'est plus ce qu'elle était. Mais je ne fais pas la fine bouche. Depuis le temps qu'on l'attendait cette occasion, ce moment où ceux d'en bas ne veulent plus et ceux d'en haut ne peuvent plus, comme disait Vladimir. Ilitch, pas Poutine. Heureusement qu'on est encore quelques-uns à avoir de la culture politique et à ne pas confondre le *Manifeste* avec *Russia Today*. Bon, j'ai quand même intérêt à la planquer, mon expérience militante. Il suffirait qu'ils commencent à suspecter que je suis encarté depuis ma puberté, et ils me vireraient du rond-point à coups de pied. Alors, en attendant qu'on reprenne le contrôle, je fais profil bas, je parle simple, en cent quarante signes. Riches, pauvres ; victimes, salauds ; ceux d'en bas, ceux d'en haut ; Paris, province ; nous, eux ; et quand je veux mettre un peu de souffle : leur mépris, notre fierté. À ce moment-là, j'en ai la chair de poule. Même « patrons », je l'ai banni de mon vocabulaire, ça fait politique ou syndicaliste. Donc c'est suspect. Il faut vraiment faire attention, ils sont chatouilleux les camarades. Oups, ça m'a échappé.

Non, décidément, c'est une bénédiction ce qui s'est passé au péage. Ce Michel, je voyais bien qu'il me regardait d'un sale œil. Il me percevait comme une menace pour son magistère de belle âme, bienveillante et bien-pensante. Merci monsieur le commissaire, vous m'en avez débarrassé. Pour le coup, aujourd'hui, tout le monde ne hait pas la police. Moi, je vous adore. Je vais pouvoir faire vibrer la troupe sur le sort injuste réservé à Michel, ce qui me mettra ses partisans dans la poche, émus de ma grandeur d'âme. De sorte que, quand il reviendra, il ne pourra que se montrer reconnaissant et respectueux, sous peine de passer pour un ingrat. Tout compte fait, je pourrais même susciter un petit rassemblement devant le commissariat du gros bourg où ils ont été emmenés. Avec un peu de chance, et quelques provocations, ce sera bien le diable s'il n'y a pas quelques vitrines cassées. De quoi affoler le bourgeois.

Je les connais bien, ces notables de province, bien installés, biens rangés. Des vrais salauds sartriens. J'en viens, de cette ville minable. J'ai fréquenté leurs enfants, aux Maristes, mes parents ne voulaient pas que je risque de m'encanailler au collège public. Mes condisciples ont repris, qui le magasin de vêtements de son père, qui la concession automobile, qui l'étude de notaire. À vomir. Le seul avantage, c'est que les filles étaient plutôt mignonnes. L'injustice de classe, ça commence là : les petites bourges, de fait, elles s'arrangent mieux que les filles de prolos. Et comme elles sont tout autant travaillées par leurs hormones, c'est tout bénef. Moi, dès que j'ai pu, je me suis tiré. Je ne suis même pas allé jusqu'au bac. La tête de mon père quand je lui ai annoncé que j'avais trouvé un boulot d'ouvrier d'imprimerie, à Lyon, que je partais, et que comme je gagnerais ma vie, il n'avait rien à dire. Ça reste un de mes grands souvenirs. Il est resté digne, cela dit, m'empêchant de le détester tout à fait. C'est après que j'ai repris des études. Je me suis un peu esquinté la santé à cause des produits, et il faut avouer qu'ouvrier, c'est classe, mais crevant. Avec ma licence de socio, j'ai dégotté un poste administratif dans ma fac, ce qui m'a permis de continuer à œuvrer à abattre la société qui me paie. Sans grand succès jusque-là.

La situation s'est calmée au péage. Les forces de l'ordre ont repris le contrôle de la situation, doivent dire les collabos de BFM, fiers comme des correspondants de guerre au petit pied. La plupart des manifestants se sont spontanément retrouvés au rond-point. On dirait une flottille qui rentre au port après un grain, contente de s'en être tirée sans trop de dommage et d'avoir reconstitué un stock d'histoires à raconter.

Finalement, n'est-ce pas surtout cela qu'ils cherchent ?

Chapitre 11

Madeleine

Ils m'ont libérée après à peine deux heures. J'étais soulagée bien sûr, même si c'est presque vexant. Les policiers ont été plutôt sympas avec moi, d'autant plus quand je leur ai dit que je m'occupais de personnes âgées dans un Ehpad. Les gens ont tellement peur d'avoir à s'occuper de leurs vieux, qu'ils nous sont reconnaissants par avance, au cas où. Ils m'ont appris que le pompier avait été grièvement blessé. Je me suis mise à trembler, j'ai pensé à Damien. Ils m'ont conseillé de ne plus participer à des manifestations violentes, mais bon, pour cette fois ils en resteraient là.

Quand je suis sortie, il pleuvait dans la rue piétonne. Je pensais retrouver Michel, mais, ne le voyant pas, je suis retournée au commissariat pour demander où il en était. Le flic à l'accueil n'a pas voulu me répondre. Comme j'insistais, il m'a conseillé de rentrer chez moi sans l'attendre. Ce qui n'était pas très bon signe. Je me suis demandé ce qu'ils allaient essayer de lui mettre sur le dos.

C'est clair que pour le pompier, il n'y est pour rien. Personne n'y est pour rien d'ailleurs, en tout cas de notre côté, car personne ne peut en vouloir à un pompier. Les vrais responsables, c'est ceux qui sont à l'origine de tout ça, ceux qui ne nous écoutent pas, ne veulent pas nous répondre. La violence, elle n'est pas chez nous, nous, on ne fait que se défendre.

Je suis très mal et j'ai froid sous cette pluie. Je n'aime pas cette rue de centre-ville, je ne m'y sens pas à l'aise. Les boutiques alternent entre le glauque, un bazar miteux, une quincaillerie qui vend aussi des barbecues, un kebab, et un luxe bas de gamme, tendance « parvenu », le chocolatier, la pâtisserie, la boutique de vêtements, le magasin de chaussures. J'ai toujours été intimidée quand je rentre dans ce genre de boutiques. Je crains le moment où la vendeuse me dit, Madame, je peux vous aider ? Je sais qu'elle va à tous les coups me proposer le truc que je ne peux pas me payer et je ne veux pas voir le léger dédain dans son regard. De toute manière, je m'habille au *Carrefour*, là au moins, tu ne risques pas de te faire aborder par un vendeur. Il y a aussi un genre de village de marques qui vient d'ouvrir pas loin du rond-point. De l'extérieur, on dirait un grand marché de Noël, avec plus de lumières et sans les odeurs de saucisses. Mais je n'y suis pas encore allée, ne serait-ce que pour y jeter un œil. Ça pourrait nous faire une sortie, le prochain week-end où Damien rentrera. Deux mois que je ne l'ai pas vu. Il prétexte toujours qu'il a du travail, ou au contraire qu'il est trop fatigué et qu'il doit se reposer. L'autre jour, pourtant, il s'est trahi au téléphone : j'ai compris qu'il avait été voir son père le dimanche précédent. Je me dis aussi qu'il a peut-être une copine, ça me rassurerait. Il n'a jamais été trop dégourdi avec les filles, et puis il est du genre taiseux. Je préférerais le savoir avec une fille plutôt qu'il reste seul, en tête à tête avec sa console, le seul truc qu'il a vraiment tenu à emporter avec lui. Ou pire, qu'il traîne avec des jeunes plus ou moins racailles. Mais s'il avait une petite amie, ça me ferait de la peine qu'il ne m'en parle pas, qu'il ne me la présente pas. Qu'est-ce que ça veut dire, qu'il a honte de sa mère ? On ne sait jamais trop ce qui se passe dans la tête des gosses. Par contre, on sait bien ce qui n'y passe pas : la gratitude, ou même, juste un peu d'attention. C'est chaque fois moi qui l'appelle, soi-disant qu'il est toujours à court de forfait. Ce n'est pas les conversations avec moi qui doivent l'épuiser, pourtant, son crédit. Une succession de oui et de non, toujours un air lassé, et l'invariable conclusion : « Je suis crevé, salut maman, je t'embrasse. »

Je ne sais pas comment je vais pouvoir rentrer. L'aller, c'était dans le panier à salade, soit, mais le retour ? Pas question de prendre un taxi, et à pied, c'est beaucoup trop loin. Je me sens minable tout à coup, perdue, prête à éclater en sanglots comme une gosse. C'est beaucoup pour moi, tout ça. Si au moins j'avais pu rentrer avec Michel. Il y aurait eu une petite compensation. Je crois bien que je suis en train de me faire un plan de midinette. J'ai toujours aimé les hommes plus vieux que moi. Quand j'étais jeune, l'idée de plaire à quelqu'un de plus âgé, plus mûr, me faisait me sentir différente. Moi, la presque encore gamine, je pouvais séduire un vrai adulte : ça me valorisait. Aujourd'hui, c'est différent. Je sais bien que je n'ai pas le physique de Monica Bellucci. Les mâles de mon âge, ils regardent celles que j'étais à l'époque. D'autant qu'avec un fils, ça n'est pas toujours simple. Donc, les quelques touches que j'ai eues depuis mon divorce, c'étaient des hommes approchant de la date de péremption. Mais c'est comme les yaourts, ils sont encore consommables, et même encore un peu après.

J'ai fini par trouver un car qui m'a arrêtée pas loin du rond-point. C'est là que j'avais laissé ma voiture. J'ai été agréablement surprise de voir que les gens s'y étaient réinstallés. La nuit commençait à tomber et il y avait de nouveau un feu au centre du cercle. Je m'attendais à ce que chacun soit rentré chez soi, et la perspective de me retrouver seule dans mon deux pièces, entre ma télé et mon chat, m'avait minée pendant tout le trajet. Mais non, en dépit des violences qu'on avait subies, la résistance continuait. À croire qu'on prend l'habitude de ne plus se laisser marcher sur les pieds. On y prend goût, même. De voir les autres, là, sur ce rond-point, je me suis sentie plus vivante. Je me suis mêlée à la petite foule presque timidement. L'air semblait crépiter de la tension accumulée au cours de l'après-midi. Il y avait une densité nouvelle dans les regards, rendus farouches par le rougeoiement des flammes. Je passais d'un groupe à l'autre. Certains me prirent dans leurs bras, ils paraissaient heureux de me voir, libre. Ils me demandaient des nouvelles de Michel, mais je ne savais rien. Une femme me dit qu'il était toujours au poste, quelqu'un d'autre pensait savoir qu'il avait été transféré à Lyon. Je me sentais grisée, presque saoule. J'avais le sentiment de faire partie de quelque chose, de faire quelque chose, tout simplement. Quand j'y pense, je me dis que je n'ai jamais vraiment choisi ; que ma vie, jusque-là, je l'ai subie. Mon mari, parce que j'étais enceinte, mon divorce, parce qu'il s'est barré, mon métier, à défaut d'autre chose, mon appartement, parce que c'est le loyer max que je pouvais me payer. Même ce que je mange, je ne peux pas dire que je le choisisse. Parfois même, il me semble que vivre non plus n'est pas un choix : c'est juste un manque de courage. Mais, là, personne ne m'impose d'aller sur ce rond-point, je n'y vais pas parce que je le dois, pas parce qu'il le faut. Au contraire, ça ne me rapporte rien, enfin question argent. C'est un acte gratuit, mais qui vaut beaucoup. Je leur dis à tous, à mes parents qui ne m'ont pas aidée, à mes profs qui me trouvaient nulle, à mon mari qui m'a vite trouvée trop vieille, à la directrice qui ne me trouve pas au niveau, aux familles qui me croient transparente, aux vieux qui nous traitent comme des servantes, aux gens de la télé, aux politiques, aux riches, aux Parisiens, aux bobos, aux banquiers, au *Carrefour*, à Pôle emploi, je leur dis, on leur dit : regardez-nous, on est là, on existe, et, surprise, on peut les faire brûler, vos voitures, vos barrières, vos boutiques et vos villes même, pourquoi pas ? Je découvre un nouveau pouvoir. Je n'ai jamais fait peur à personne, moi. Et là, on sent l'incompréhension, la crainte et même la panique, à longueur de direct BFM. Ils n'en croient pas leurs yeux, les experts, les intellos, les éditorialistes. Ils bégayent leurs discours, on ne comprend pas, personne n'a rien vu venir. Normal, ils ne nous avaient pas vus, nous les invisibles, les pas dans les radars. Et nous, on a surgi, comme ça, de ces milieux de nulle part où on habite, de tous ces trous du cul du monde où leur monde n'a jamais mis les pieds, et on fait quelque chose : on fait peur. C'est grisant.

Mon portable s'est mis à sonner. Je l'ai vite tiré de la poche de ma parka, avide de raconter. Ce n'était pas Damien.

Chapitre 12

Florence

« Florence, viens voir ! » Il a crié depuis le salon, m'interrompant dans ma lecture. En général, j'attends toujours la deuxième fois avant de me déplacer, comme pour être sûre que cela vaut vraiment le coup de me bouger. C'est idiot, puisque, systématiquement, il recommence, un peu plus fort, accompagné d'un « Dépêche-toi ! ». Et deux fois sur trois quand j'arrive, il me dit que c'est trop tard.

J'ai été voir. Il était encore scotché devant BFM, casques de CRS, casseurs, pavés, canons à eau, charges, coups, courses, poursuites, fumées, incendies, boucliers, barricades, sirènes, blessés. Et en plateau, le bal des experts, inconnus hier, intronisés aujourd'hui. Ils en perdent leur latin de cuisine, mais continuent de recycler à longueur d'antenne, de plateaux en plateaux, leurs analyses remplies de rien, s'accrochant à leur instant warholien, les dupliquant *ad nauseam*, comme des boîtes de soupe, périmées sitôt consommées. Addictif et sans intérêt.

« Qu'est-ce qui se passe ? ai-je dit, déjà lassée.

— Regarde, ils ont dit que c'était dans la région de Lyon, ce n'est pas la sortie d'autoroute près du bled de la famille de ton père ?

— Tu crois ? C'est possible. Ça flambe ?

— Des gilets jaunes, ils ont mis le feu à une barrière de péage, et quasiment tué à coups de pierre un capitaine de pompier. »

Les dingues. J'ai regardé plus attentivement. L'intérêt des images en boucle, c'est qu'on peut prendre le temps de détailler. Effectivement, c'était bien là. On pouvait voir un panneau avec le nom du village. Le Monsieur Loyal en plateau donnait la parole à l'inévitable planton informatif, qui nous expliquait que l'incendie était maîtrisé et que les forces de l'ordre avaient dégagé le péage et procédé à deux arrestations suite à l'agression du pompier. Et il nous proposait de regarder les images. La prise de vue était comme d'habitude secouée, mal éclairée. On distinguait un grand type, la soixantaine ébouriffée aux prises avec deux policiers, et, au bord du cadre, une petite chose fragile. J'ai tout de suite reconnu Madeleine.

« Mais, tu as vu, c'est ma cousine ! »

Non, évidemment, il n'avait pas vu.

« Non, tu crois ? »

Il n'y avait pas de doute, c'était bien elle, qui se faisait embarquer *manu militari*. Ma propre cousine, avec qui j'ai passé mes vacances de petite fille, arrêtée pour avoir caillassé un pompier ! Cette irruption de mon histoire familiale, presque intime, dans le flot de l'actualité commune, abstraite, désincarnée à force d'être ressassée, avait quelque chose de vertigineux. Évidemment, en y réfléchissant un peu, elle appartient bien à la cible. Je n'ai jamais vraiment parlé politique avec elle. De ce que j'ai cru comprendre, elle ne votait pas, l'aquoibonisme lui tenant lieu de philosophie politique. Même les sujets de société, j'essayais d'éviter, car on en revenait invariablement aux immigrés, et même carrément aux Arabes, avec un point d'exclamation derrière. Et ce, déjà bien avant les attentats, alors depuis, je n'imagine même pas. On se contente donc de la famille et du temps, le plus souvent, quand on se parle au téléphone. Il y a quelques mois, elle est venue à Paris. C'est plus compliqué finalement les relations en présentiel. La proximité physique a fait apparaître de manière crue qu'on vit totalement dans des mondes différents. Pas nécessairement antagonistes, mais qui n'ont plus grand-chose en commun. Pas les mêmes goûts, pas les mêmes références, pas les mêmes intérêts. Même la télé ne permet plus de se rapprocher. On consomme chacune nos émissions, picorant dans les bouquets de chaînes. Au moins, quand on était petites, on pouvait se parler, le mercredi matin, des *Dossiers de l'écran*, religieusement regardés dans chacun des foyers le mardi soir. Même ça, ça n'existe plus. On ne rit pas des mêmes choses, non plus, alors, il ne nous reste que le souvenir de nos éclats de rire d'enfants.

C'est étrange, on n'était pas si loin au départ. Même grand-mère, nos pères ont été élevés ensemble, dans le même bout de campagne, on jouait aux mêmes jeux en vacances, dans la ferme. En quelques dizaines d'années et deux générations, on a divergé.

Ma famille n'était pas plus riche que la sienne, le propriétaire d'une exploitation agricole de bonne taille n'ayant pas forcément grand-chose à envier à un médecin scolaire. On vivait dans des barres, style HLM. Dans mon collège, on avait cours dans des préfabriqués, aujourd'hui il serait classé en REP. Alors bien sûr, il y a le capital culturel. Mais peut-être aussi un peu la volonté, non ? Et les aptitudes ? C'est un gros mot ? Oui, j'ai réussi, socialement, financièrement. Je ne vais pas devoir m'en excuser, non plus. On n'a pas tous les mêmes chances au départ, je ne vais pas le nier, mais on a tous la possibilité de choisir de se soumettre, de se résigner, ou de se rebeller face à nos déterminismes. L'argent était plutôt mal vu dans ma famille, personne n'aurait eu l'idée de travailler dans le privé. Si j'avais écouté mon père, j'aurais fait du médical, pas forcément médecin d'ailleurs, dans son inconscient profond, j'étais quand même une fille ; ma mère, j'aurais fini instit. Et puis j'ai bossé, je me suis mise en risque. Y compris le risque de déplaire, de ne pas me conformer au désir de mes parents. Certes, je ne sauve pas des gens, je ne construis pas d'école en Afrique et je n'ai pas inventé le vaccin contre le sida. Encore que, sur les ronds-points, les inventeurs de vaccins, ils doivent se faire lyncher… On vit dans un monde de fous.

Et j'ai aussi eu mon lot de coups durs, les parents qui divorcent, ma mère qui meurt trop vite, et le reste. La situation que j'ai, je ne l'ai volée à personne. Je n'accepte pas de passer pour la méchante de l'histoire. Je paie mes impôts sans rechigner, je vote contre mes intérêts matériels, je ne me reconnais pas dans la bourgeoisie de rente du 16e, ni dans la culture arrogante des élites sociales du 7e. Alors c'est vrai, j'avoue, je n'ai pas une grande sympathie pour des beaufs racistes, homophobes, qui roulent bourrés, sans ceinture et en diesel, et qui taguent les radars en criant à l'oppression, mais ça ne fait pas de moi une profiteuse, une sans-cœur, une irresponsable. Ne renversons pas les rôles.

Qu'est-ce qui m'arrive ? Pourquoi la vue de ma cousine se faisant arrêter déclenche cet exercice de justification intracrânien ? Je comprends qu'elle en ait marre, qu'elle soit en colère. Mais ce n'est pas pour ça qu'elle a raison. S'il suffisait d'être malheureux pour ne pas avoir tort… Mais aucune chance qu'elle ait quelque chose à voir avec le pompier. D'ailleurs, si je me rappelle bien ce qu'elle m'a raconté la dernière fois qu'on s'est vues, son fils veut devenir pompier. Ça ne peut être qu'une erreur qu'ils l'aient prise, elle. Mauvaise heure, mauvais endroit.

En fait, qu'est-ce que j'en sais ? Sous prétexte qu'elle est ma cousine, elle est innocente ? Ils sont tous des cousins de quelqu'un pourtant, les violents, les casseurs. L'autre jour, boulevard Saint-Germain, je suis passée au moment où ils étaient en train de tout détruire, brûlant les scooters, les voitures, tout ce qui leur tombait entre les mains. Il y avait des hommes, des femmes, pas très jeunes pour la plupart. Pas spécialement black blocs, non plus. Raisonnablement alcoolisés, en revanche. Je me suis entendue penser : cassez-vous, les ploucs, allez crever sur vos ronds-points. Quelle horreur ! Je leur en veux de me faire ressentir un truc pareil.

« Tu devrais peut-être essayer de la joindre ? Apparemment ça s'est passé dans l'après-midi, elle est peut-être déjà sortie. »

Bien sûr. Je l'ai appelée. J'aurais juré entendre sa déception quand elle a reconnu ma voix.

Chapitre 13

Damien

J'ai la tête comme une pastèque et des cernes de panda sous les yeux. Trois heures que je joue non-stop, le casque sur la tête. Je dézingue des zombies à la chaîne avec trois potes trouvés sur Discord. Enfin, potes, c'est vite dit, je ne connais que leur pseudo. Le mien, c'est « Killing Fireman », je trouve ça ironique. En anglais, parce qu'en français, ce serait juste tout pourri. Je hurle dans mon micro, d'autant plus fort que je ne m'entends pas. C'est ma voisine qui m'a dit un jour que je la gênais la nuit. Elle était toute timide, vaguement inquiète. Elle est bien propre sur elle, blonde, yeux bleus, étudiante, genre Sciences-Po. La culture geek, ce ne doit pas être son truc. Ça l'a rassurée quand je lui ai expliqué que je jouais en ligne. Elle devait s'imaginer que je hurlais tout seul dans ma piaule. Je veux bien croire qu'il y aurait eu de quoi flipper.

J'ai profité d'un changement de niveau pour dire aux autres lascars que j'allais me coucher. J'ai fermé Discord mais je suis resté un peu sur YouTube. De toute manière, je ne pourrai pas dormir. Il faut que l'excitation retombe. Tous les soirs, toutes les nuits plutôt, je me dis qu'il faut que j'arrête, que j'aille dormir plus tôt. Mais c'est plus fort que moi. Résultat, je suis décalqué en cours le matin. Ce n'est pas que le niveau soit très haut, mais ce n'est pas comme si j'étais Einstein non plus. L'école et moi, on n'a jamais été très connectés. J'ai des circonstances atténuantes : je suis dyslexique. C'est ce qu'une prof plus futée que les autres a fini par soupçonner, en sixième. Avant, j'étais juste faignant dans le meilleur des cas, semi-débile le plus souvent. Avouez que j'avais de quoi être dégoûté. C'est ma chère mère qui m'a légué ça. Quand on lui a dit que j'étais dyslexique, elle s'est rendu compte qu'elle l'était, elle aussi. Ou plutôt, elle a décidé qu'elle l'était. Je crois qu'au fond, elle était assez contente. D'une part, ça lui permettait de tout excuser, ses échecs scolaires, son boulot d'esclave à la maison de retraite, même le fait que mon père l'ait larguée, encore que là, je ne voie vraiment pas le rapport. Surtout, ça lui donnait une originalité. Au moins, elle était quelque chose : dyslexique. En fait, c'est juste une loseuse.

Moi, quand j'ai appris ça, je me suis dit que les études ça allait être compliqué, mais que je n'étais pas plus nul qu'un autre. Quelque part, ça m'a boosté et j'ai décidé qu'il ne fallait pas que ça m'empêche de faire quelque chose de bien de ma vie. J'ai aussi vite compris qu'il ne fallait pas que je reste dans ce trou à rats. Question boulots et perspective de vie, là-bas, c'est le triangle des Bermudes. C'est comme ça que je me suis retrouvé ici, à Lyon. Je n'ai pas insisté pour le bac. Ma mère, qui ne l'a pas, elle, y tenait. Mais je ne suis pas là pour rattraper ses conneries. Je suis costaud, sportif, un peu casse-cou. Je tiens ça de mon père. Je me suis renseigné, j'ai vu qu'on pouvait devenir pompier professionnel, même sans le bac. J'ai bossé toutes les vacances pour économiser de quoi me payer une préparation au concours et un logement. Et voilà, j'y suis. Sport, dictée, calcul. Je devrais y arriver. Tous les petits garçons veulent être pompiers. Moi, je vais le faire.

À force de cliquer sur des images d'incendies, sur des articles à la gloire des soldats du feu, sur les pompes, les lances, les échelles, les camions, les algorithmes ont fini par me repérer. C'est ce que je me suis dit quand j'ai vu sur mon fil d'actu la *news* sur un chef qui s'était fait grièvement blesser dans une manif de gilets jaunes. À moins que ça soit à cause de mon ancienne adresse qui doit encore être stockée sur de vieux profils, car apparemment le truc s'est passé près du lieu de mes origines. Le droit à l'oubli, qu'ils disaient.

S'en prendre aux flics, je peux comprendre. Mais buter un pompier, il faut être un demi-cerveau. J'ai lancé la vidéo, pour voir qui pouvaient être les consanguins qui avaient fait ça. Avec un peu de chance, j'avais peut-être traîné avec eux, en primaire ou au collège.

Et là, j'hallucine. Je me casse la tête et le reste pour devenir pompier professionnel et je vois ma propre mère se faire arrêter en direct pour avoir étendu un capitaine des pompiers à coups de parpaing. Elle m'aura tout fait. J'ai des bons souvenirs de ma mère de 4 à 6 ans. Tout a changé quand mon père s'est tiré. Je ne l'avais pas vu venir, à 6 ans, c'est normal. Mais elle, soit elle n'a rien vu, soit elle n'a rien fait pour le retenir. Je lui en ai voulu à lui, mais en grandissant, je crois que je l'ai compris. Et moins je lui en voulais à lui, plus je lui en voulais à elle. Elle est étouffante, pas parce qu'elle en fait trop pour moi. Tout le contraire : elle aspire l'oxygène à force de concentrer le malheur sur sa personne. Jamais contente, toujours à râler, à jalouser la terre entière, à se plaindre de son sort. Quand je rentrais chez moi après l'école et qu'elle était là, j'étais sur mes gardes, aux aguets, en mode *Walking Dead*. Ne rien dire qui puisse déclencher une colère, invariablement suivie d'une crise de larmes, avec pour effet de me faire sentir minable, coupable, incapable de lui apporter de la joie, comme un bon fils. Alors j'ai pris l'habitude de me réfugier dans ma chambre, avec un casque sur les oreilles, comme une armure. Ma mère, c'est typiquement une « boîte à chagrin », comme disait mon grand-père quand il parlait des femmes. Je l'aimais bien mon grand-père. Il parlait comme j'écris, avec des mots cabossés, des expressions de guingois, mais tellement plus justes et rigolotes et avec des fautes d'orthographe, aussi, si énormes qu'on pouvait les entendre.

Je ne peux quand même pas dire que ma mère ne s'occupait pas de moi. Hélas. L'école, c'était important pour elle, mais comme elle n'était pas au niveau, elle ne pouvait pas m'aider. Ce n'était donc qu'un surcroît d'angoisse, pas un soutien. J'avais des copains que leurs parents suivaient de près, qui faisaient leurs devoirs avec eux, d'autres à qui l'on foutait la paix. Moi, elle ne pouvait pas m'aider, mais elle était terrorisée par mes résultats, assez nuls, il faut avouer. Elle s'en prenait à mes profs, maladroitement, leur reprochant quasiment mes mauvaises notes, avec des propos presque incohérents. Je me souviens que je ne savais plus où me mettre, évitant à toute force le regard des enseignants, absorbé dans la contemplation du tableau vert. La pauvre, je lui faisais gober n'importe quoi, qu'on m'avait donné une mauvaise date pour rendre un devoir, que les exercices portaient sur quelque chose qu'on n'avait pas vu en cours, que j'étais trop fatigué pour aller en EPS le matin. Une fois, j'avais même inventé que le professeur de techno était pédophile. Mais j'ai eu peur des conséquences et j'ai vite raconté qu'il s'était fait virer, avant qu'elle ait eu le temps de prendre rendez-vous.

Parfois, je me dis qu'elle m'aime et ça m'attendrit. Le plus souvent, je me dis qu'elle n'a que moi, et j'ai pitié. Il y a bien eu une fois où elle a eu une relation qui a duré un peu. Le type était plus civilisé en apparence que les vieux ploucs qu'elle ramenait d'habitude. Je me demande ce qu'il pouvait bien lui trouver. En vrai, je préfère ne pas savoir. Il avait un peu de fric, je me rappelle qu'on avait fait quelques week-ends de ski avec lui. En fait, il était barge, tyrannique. Avec moi, ça a été vite réglé, à grands coups de « tu n'es pas mon père ». Comme en plus je commençais à être costaud, il n'a pas insisté. Mais ma mère, il la maltraitait, pas physiquement, enfin, je crois, mais psychologiquement. Le genre je disparais, puis je reviens, tout doux un jour, haineux le lendemain. Elle devenait dingue, triste et dingue. Dans mon souvenir, c'est moi qui ai fini par me montrer si odieux qu'il a fini par mettre les voiles. J'ai vraiment fait ça de manière voulue, pour protéger ma mère. L'histoire qu'elle se raconte, c'est que c'est elle qui lui a demandé de partir, à cause de moi, et que ça lui a gâché sa vie. Tu parles.

Je regarde de nouveau la vidéo. J'ai vite vu le vieux à tête de pédago à côté d'elle. À tous les coups elle a flashé sur lui. Elle serait bien capable de faire une vraie connerie pour être le chouchou du gourou. Qu'elle foute sa vie en l'air, c'est son affaire. Mais avoir été élevé par une tueuse d'officier, ça risque de ne pas être bon pour mon dossier de candidature à la brigade des sapeurs-pompiers.

À ce moment, je me suis rappelé que je ne portais pas le même nom qu'elle. Pas de parano, je ne crains rien. J'ai arrêté de penser à moi. Je l'ai imaginée, dans une cellule, frigorifiée, apeurée, perdue, avec sa colère inutile et impuissante. Des larmes se sont mises à couler sur mes cernes de panda.

Chapitre 14

Michel

Je me suis réveillé en sursaut, surpris de constater que je m'étais endormi. Je n'avais aucune idée de l'heure. J'avais froid, mal aux épaules à force de me tourner sur l'espèce de banc de ciment sur lequel j'avais essayé de rester allongé. Ils m'avaient bien donné une couverture, mais elle était si crasseuse que je n'avais pas osé la remonter plus haut que mes cuisses. Je me sentais vaguement nauséeux, entre le mauvais sommeil et l'odeur qui suintait du muret séparant les latrines du reste de la cellule. Au moins, la puanteur ambiante m'épargnait ma propre odeur. Je me suis assis, j'ai redressé la tête comme pour retrouver un moment de dignité. Je me suis rappelé qu'il y a longtemps, un ami d'amis, avocat – c'était le seul non-enseignant de la soirée –, avait raconté que quand il allait rencontrer un client en garde à vue, il ne manquait pas d'apporter une brosse à dents, du dentifrice et du déodorant. Ça pue un gardé à vue, avait-il conclu, sûr de son effet, et de fait, vingt ans après, je me souvenais de l'anecdote. Au moins, j'étais seul dans ma cage. Des ronflements entrecoupés de râles d'asphyxié provenaient d'une cellule voisine, dont je me dis qu'elle devait être occupée par un imbibé notoire. La force des clichés. Après tout, un assassin d'enfants pourrait tout aussi bien s'endormir comme une masse et ronfler comme un innocent. Mais j'en tenais pour le pochetron, j'avais l'humeur glauque et l'imaginaire banal, le tragique et le spectaculaire n'étaient pas à ma portée. L'air du couloir derrière la porte grillagée me paraissait d'une transparence douteuse, chargée de miasmes visibles à l'œil nu. Le couloir m'apporta les relents d'une conversation indiscernable, ponctuée de rires qui n'évoquaient aucune finesse. Des rires sans joie, fatigués, des rires de blagues lourdes, de jeux de mots éculés, d'allusions crades. Mon voisin se mit à hurler un tombereau d'incohérences avinées. J'avais donc eu raison de miser sur l'alcoolémie plutôt que la tragédie. Je me suis étiré pour essayer d'évacuer la douleur de mes épaules, sans succès évidemment. Le mur en face de moi était recouvert de matières diverses et de graffitis obsessionnellement pornographiques. Je suivis des yeux une fissure de laquelle s'échappa, au niveau du sol, un cafard prévisible. Tout était aussi sale et indigne que dans un article de *Libé* sur les lieux de détention. Tout était convenu. Excepté moi.

L'incongruité de ma présence en ce lieu m'a fait sortir de la torpeur protectrice dans laquelle je m'étais réfugié depuis mon réveil. Je me suis rappelé pourquoi j'étais là. L'angoisse revint instantanément. L'indignation, aussi. Je me suis levé. J'ai pris les barreaux à pleines mains, ai secoué la grille en criant :

« Y a quelqu'un ?

— Ta gueule, a répondu la cellule d'à côté, dans un éclair de lucidité reptilienne.

— J'ai faim, ai-je continué, vous ne pouvez pas me laisser crever de faim. » La conversation au bout du couloir s'est interrompue.

Un jeune flic en uniforme s'est approché en ricanant :

« Qu'est-ce qu'il veut le monsieur, il croit qu'on fait *room service* ? »

J'ai repris une posture plus sociale, voire un peu veule :

« Bonsoir, il est possible de boire quelque chose et manger aussi ? » Le gars m'a regardé sans répondre. Il sentait le tabac froid, j'ai voulu faire jouer la complicité des accros.

« Et j'ai besoin de fumer, ai-je ajouté sur un ton d'agonisant.

— Ça, ça ne va pas être possible. Pour le reste, je vais voir ce qu'on a. »

Il est revenu après ce qui m'a paru être une éternité, avec une petite bouteille de Cristaline et un sandwich sous plastique. De la veille, à en juger par son aspect. Il m'a tendu le tout à travers les grilles.

« Merci. Quelle heure est-il, s'il vous plaît ?

— Pas loin de 7 heures.

— Quelle est la suite des événements, pour moi ?

— Je ne peux pas vous répondre. L'OPJ ne va pas tarder à arriver. » Il a répondu ça en même temps qu'il faisait demi-tour, signifiant que la conversation était terminée.

J'ai pris une bouchée du sandwich. En fait, je n'avais pas faim du tout. J'étais toujours nauséeux, mais mon cerveau était de nouveau en état de marche. Je repensais au pompier. S'il est vrai qu'il est entre la vie et la mort, quelle logique peut-il y avoir à cela ? J'essaye de me raccrocher à mes schémas d'explications du monde, le capitalisme, l'oppression sociale, la mondialisation qui nous bride, le service public qui crève des restrictions budgétaires, l'adaptation nécessaire qui est un alibi des privilégiés, l'Éducation nationale qui se paupérise, les réformes qui s'enchaînent comme cache-misère des coupures de postes. Alors à un moment, les gens se rebellent, se révoltent. C'est malheureux, si ça dégénère.

Mais je vois bien que ça ne fonctionne pas, que ça ne fonctionne plus. Je sens trop arriver la traditionnelle omelette et ses œufs cassés. Je me rends bien compte que ça tourne à vide. Rien de tout cela ne doit conduire un pompier à crever le crâne fracassé, juste pour avoir essayé de faire son boulot. En plus, à Lyon, ils sont fonctionnaires, comme moi, pas militaires. Je choisis de ne pas m'arrêter sur l'incongruité de cette dernière pensée. En plus, j'y étais, je sais que ce n'est pas un accident fortuit. J'ai bien vu le manège de ce Gérard. Depuis le départ, il valorise les jusqu'au-boutistes, en prenant bien soin de ne jamais se mettre en avant. J'ai remarqué qu'il ne donne jamais son avis en premier, en revanche, il soutient toujours les positions les plus extrêmes, en rajoutant ce qu'il faut d'emphase, au besoin. L'autre jour, quand un type avec un bonnet de docker et une bonne tête de facho a dit qu'il avait une batte de base-ball et quelques parpaings dans son coffre, Gérard a expliqué qu'il fallait être prêts à se défendre. Puis il a continué, un cran plus loin : « Nos demandes sont légitimes, on ne nous entend pas, on nous oppose que le mépris, et on nous envoie la police. La police, c'est l'expression de ce mépris et nous, qui ne sommes rien, qui ne pouvons mépriser personne, il ne nous reste que notre haine. » Tout est dit, mais techniquement rien ne peut être retenu contre lui. Je m'en étais bien rendu compte de cette manipulation, et des conséquences qu'elle pouvait avoir. Pourquoi n'ai-je pas bougé davantage ? J'avais pourtant voulu, ce soir-là, m'opposer plus frontalement à lui. Mais je n'ai pas osé, paralysé par une culpabilité de nanti. Je m'étais dit, qui suis-je pour désamorcer leur colère. Quand j'y pense, la vie des précaires, des temps partiels, des pas encore chômeurs ou des déjà licenciés, je ne la connais que dans les éditos du *Monde diplo*. Moi, j'ai été enseignant, fonctionnaire, donc, emploi à vie, toute ma vie justement. Toutes mes relations, mon ex-femme, mes amis, mes enfants, leurs conjoints, tous, 100 % Éduc nat'. Aucun d'entre nous n'a eu à craindre de se faire licencier. Et quand je parle à un autre adulte non enseignant, en dehors de mon médecin ou de l'épicier, c'est qu'il est parent d'élève, mes seuls contacts en dehors du sérail. Je n'aime pas les patrons, mais en fait je n'en connais pas, jamais rencontré, jamais eu à en subir. Alors, pour cette fois, je dois m'en remettre à ceux qui ne lisent pas, ne vont pas au ciné, ne discutent pas d'habitude, ne problématisent pas, ceux à qui je n'aurais, dans d'autres circonstances, rien eu à dire, mais qui ont la légitimité des victimes. C'est ça que j'ai dû me dire. N'empêche, mettre le feu au péage, c'était totalement délibéré, planifié. Et une fois que les vannes sont ouvertes, la violence devient vite incontrôlable. J'ai noté tout ça, entendu ces conversations à voix basse, dans l'obscurité rougeoyante des braises, vu les gros yeux ronds, luisant d'une joie presque lubrique à l'évocation du fracas de violence possible, soudain déculpabilisés. J'ai compris qu'il y avait, au-delà de l'indignation et de l'exaspération, des ambitions plus construites, des projets murmurés, des rêves de revanche et de toute-puissance, un inconscient au travail, prêt à se révéler et à passer à l'acte. Rétrospectivement, je réalise que j'ai compris, non, que j'ai su ce qui allait se passer, j'ai su, oui, mais j'ai choisi de laisser faire. Cela fait-il de moi un complice ? En droit, certainement pas, mais…

J'ai réalisé que j'observais depuis plusieurs minutes le manège du cafard, qui faisait des allers-retours compliqués entre la fissure et le mur opposé, sans que je n'arrive à en percevoir la logique.

« Blanchard ! L'OPJ va vous recevoir. »

Le jeune flic, des cernes sous les yeux, a ouvert la grille et m'a accompagné jusque dans le bureau.

C'était le même lieutenant que la veille. J'ai été surpris de voir qu'il me saluait avec un sourire.

« Bonjour, je ne vous demande pas si vous avez bien dormi. Les conditions sont un peu spartiates, j'en conviens et j'en suis désolé. Vous voulez un café ? »

J'ai dit oui, un peu interloqué. Il s'est levé et m'a servi une tasse depuis une cafetière électrique placée sur un petit frigo, dont le dessus avait été préventivement recouvert de feuilles de Sopalin. Les machines Nespresso ne sont pas encore arrivées dans les commissariats, n'ai-je pu m'empêcher de noter.

« J'ai de bonnes nouvelles pour vous », a-t-il dit en me tendant une tasse.

Comme la veille, il faisait une pause après chaque annonce, pour ménager ses effets.

« Vous avez de la chance que ces collabos de journalistes, comme vous les appelez sur vos ronds-points, aient été là. Les images tournées par le cameraman de BFM sont sans appel. Sur des rushs non diffusés, on voit très bien que vous étiez assis au moment où le capitaine des pompiers a été touché, et… »

À nouveau, il s'interrompait, avec un petit sourire désormais suffisant.

« Et il se pourrait qu'on en voie même un peu plus. Mais cela ne vous concerne plus. Nous transmettons votre dossier au parquet qui jugera de l'opportunité de poursuite, mais pour une simple infraction à la liberté de circulation, je doute que ça n'aille très loin pour vous. J'espère sincèrement ne jamais avoir à vous revoir. »

J'ai bafouillé incrédule : « Je peux partir ?

— À moins que vous n'appréciiez particulièrement nos services hôteliers, oui, vous pouvez partir. Au revoir, monsieur Blanchard. »

Sans tout à fait réaliser, je me suis retrouvé dehors. La pluie de la veille avait cédé devant un soleil de printemps qui s'ingéniait à émoustiller les façades tristes, encore engourdies du froid de la nuit. J'ai fouillé dans mes poches, à la recherche d'un paquet de cigarettes. Mon portable me signifiait que j'avais des messages. Mes enfants, bien sûr – appels répétés, messagerie, et pour finir, SMS inquiets –, des collègues au réconfort militant, et même Agnès, me témoignant l'attention responsable et solidaire d'une ex, demeurée en bons termes. En bons termes, il n'aurait plus manqué qu'elle soit fâchée, en plus. C'est elle qui s'est barrée. Je savais que je prenais des risques en m'entichant d'une jeunesse. Dix ans de moins, entre 30 et 40, c'était jouable. Mais quand elle a tourné 45, elle ne pouvait plus supporter de s'encombrer de quelqu'un qui lui montrait tous les jours ce à quoi elle devait s'attendre, et qui en plus ne lui permettait pas de se poser en victime principale de l'injustice de l'âge. Alors, ouste, le vieux ! Jeune adulte un peu paumée, père absent, mère dépressive, elle avait besoin de maturité. Mais dès qu'elle a eu peur que je risque d'avoir besoin d'elle, elle m'a brutalement signifié qu'il ne fallait pas que je la prenne pour une visiteuse de personnes âgées : je ne suis pas assurance-dépendance.com, tu peux comprendre ça ? C'est que je n'ai plus que dix ans de potable, moi. Mais, on reste en bons termes, hein, on est des adultes responsables.

Il faut que j'appelle mes gosses. Les rassurer. Leur expliquer que leur père est dehors, libre, blanchi par des policiers finalement honnêtes, et grâce à la présence de BFM TV. Comme aurait dit Desproges… « Étonnant, non ? »

Chapitre 15

Serge

Finalement, je suis assez content de mon idée. Installer une box et une télé dans mon bureau. C'est plus confortable que mon iPhone pour suivre BFM ou Bloomberg TV. Je coupe le son, le plus souvent, mais j'apprécie la touche de modernité criarde et dissonante de l'écran plat divisé par les bandeaux jaune vif ou bleu électrique, qui contrastent avec les moulures beiges au plafond et le marbre Alicante de la cheminée. Mes associés trouvaient l'idée un peu, comment dire, de mauvais goût – Serge, tu crois vraiment ? Mais ça ne me déplaît pas le côté provocateur, nouveau riche, allez, carrément bling-bling. C'est drôle, ce mot, c'est à Sarkozy qu'il doit sa postérité. C'est vrai, j'ai l'aisance un peu ostentatoire et la richesse un brin canaille. Mais toujours avec une pointe d'originalité rebelle. Par exemple, je n'ai jamais mis d'argent dans les voitures. L'automobile, pour moi, c'est trop lié à mon vieux qui s'est crevé la paillasse dans un garage d'une banlieue pauvre de Lyon. Oui, je dis banlieues pauvres, pas quartiers défavorisés, encore moins quartiers tout court. J'abhorre le politiquement correct. Dès que j'ai eu de l'argent, je l'ai mis dans la peinture moderne. Maintenant ça fait cliché, mais il y a vingt ans, tout le monde n'avait pas encore visité la Punta della Dogana et Jeff Koons ne produisait pas encore des chiens-ballons à la chaîne.

Bizarre, ce que je vois à la télé. Des images d'archives, vu le flou et les couleurs baveuses. On dirait les films en Super 8 de vacances à Palavas-les-Flots. Sauf qu'il n'y a pas d'îles recouvertes de palmiers à Palavas. Je monte le son, mon prochain rendez-vous ne sera pas là avant cinq minutes. Le commentaire, déclamé sur ce ton surjoué qu'affectent les journalistes des chaînes d'information continue, m'apprend que nous sommes aux îles Sentinelles, au large de l'Inde. On distingue un bateau, qui s'approche d'une île. À son bord, des hommes en chemises blanches, qui font de grands gestes se voulant amicaux. Sur la plage, des individus noirs, presque nus, il est difficile de distinguer si ce sont des hommes ou des femmes, qui répondent par des attitudes paraissant agressives. L'un pointe son arc en direction des embarcations. Plus tard, on voit des noix de coco lancées des bateaux et récupérées par les indigènes avec des espèces de haches. Le journaliste précise qu'il s'agit de North Sentinel Island, petite île de l'océan Indien, qui a défrayé la chronique après la mort du missionnaire, il y a quelques semaines. Les images datent des années 60. C'est l'un des derniers contacts entre cette tribu et la civilisation. Depuis, ils ont tué, outre le missionnaire, des pêcheurs qui avaient eu le malheur de s'échouer sur les récifs de l'île. Intéressant du point de vue du droit : le gouvernement indien qui administre cette île semble avoir implicitement admis que ces gens, techniquement des citoyens indiens, ont le droit de tuer toute personne qui met le pied sur leur territoire. Je souris en imaginant la polémique que ne manquerait pas de susciter une telle position appliquée en France. Précédent dangereux, position qui contreviendrait à la mission universaliste de la France, polémiques d'intellectuels sur la notion de nature humaine. Plus prosaïquement, je constate qu'ils ont en tout cas résolu de manière efficace et expéditive leur refus de la mondialisation. Alors qu'ils n'ont même pas de cocotiers, sur leur île. Encore mieux que le Venezuela comme source d'inspiration pour les protectionnistes anti-libéraux de tout poil ! Pas d'inégalités, le même étui pénien pour les hommes et un pagne minimaliste à faire rougir une candidate de télé-réalité, pour les femmes. Autarcie totale, nourriture bio. Pas de banquiers, pas de laboratoires pharmaceutiques qui les empoisonnent aux vaccins à l'aluminium. Bon, d'accord, quiconque débarque sur leur île avec un rhume déclenche un génocide. Mais comme ils tuent quiconque débarque, le modèle est cohérent.

Curieusement, je suis plus touché par le sort du missionnaire frappadingue que par celui des deux pêcheurs. Ceux-là étaient sans doute des braconniers, ils ont pris le risque pour un banal avantage matériel. Ils ont perdu. Parfaite logique économico-darwinienne. Le petit gars *middle class* et mystique m'émeut en revanche. Quelque part, j'envie sa foi, sa fougue totalement vaine et déraisonnable. Je suis athée par atavisme. Mes grands-parents avaient été dénoncés comme communistes par le curé du village, à la fin de la guerre civile espagnole. Je ne dois mon existence qu'au fait que ma grand-mère, sur le point d'accoucher, a réussi à convaincre son mari de s'enfuir en emmenant leur fille de 5 ans. Elle avait vu les miliciens franquistes se masser en bas de la ruelle qui menait à leur petite maison blanche. Elle a eu le temps de barrer la porte d'entrée, d'embrasser sa petite fille incrédule et de la pousser avec son mari par la porte de derrière, trop enceinte pour les accompagner dans les venelles escarpées. Mon grand-père a fait semblant de croire que les franquistes épargneraient une femme enceinte. La suite ressemble à du García Lorca en plus gore : ventre ouvert, fœtus arraché, crâne fracassé. Ma grand-mère a dû finir dans une fosse commune de l'Estrémadure. Ma mère en a gardé un anticléricalisme sacré et un déficit rédhibitoire de tendresse maternelle, tant reçue que donnée. Il m'a fallu de nombreuses années pour accepter cette injustice et me résoudre à ne plus lui en vouloir. Elle était dure, ma mère, âpre, maigre, mais d'une vigueur de survivante, les yeux noirs aux aguets, toujours légèrement plissés, comme pour mieux prévenir les pièges et les trahisons. Elle ne faisait confiance à personne,

personne n'était à la hauteur de ses parents, rendus à jamais héroïques par l'horreur de la scène primitive qui fondait leur légende. Je n'en ai jamais été assez digne. Aujourd'hui, ça va bien mieux nous deux, elle est toujours heureuse de me voir, presque aimante. Évidemment, je ne suis pas tout à fait sûr qu'elle me reconnaisse quand je vais la voir une fois par mois, à l'Ehpad des Charmilles, sur la route de Chambéry.

Mais il y a une chose que je regrette, sans espoir de rémission : c'est de ne pas avoir eu l'opportunité de croire. J'aimerais avoir le luxe de m'échapper au rationnel, à l'enchaînement cynique des effets et des causes. Pouvoir mettre le nom de Dieu derrière n'importe quel événement aussi cruel et absurde soit-il, s'en remettre à Ses voies impénétrables, tout en sachant qu'on sera pardonné, et le tout sans passer pour un naïf ou un illuminé. Quelle chance ils ont, les croyants. Ma mère aurait dit dans un mauvais sourire décoché au curé maudit : il n'y a de la veine que pour la canaille.

BFM est passé sans transition, comme on dit dans les journaux télé, des sauvages insulaires à la barrière de péage incendiée et son capitaine des pompiers grièvement blessé. La pauvre histoire de mon pote Patrick, revenu de nulle part, faisait donc les *breaking news*. J'ai beau essayer de me souvenir, je n'arrive pas à retrouver le moment où l'on a cessé de se voir. Je suis sûr qu'il n'y a pas eu de conflits, de colères froides, d'éclats de voix. Patrick n'était pas du genre à se fâcher, de toute manière. À un moment, on ne s'est plus appelés, plus invités, au début par négligence, chacun pensant que c'était à l'autre de le faire. Après, reprendre contact aurait demandé un courage auquel ni l'un ni l'autre ne s'est résolu. Quand on s'était revus par hasard, j'avais espéré que cela nous permettrait de renouer le fil. Il n'a pas pu venir à mon mariage, enfin, c'est ce qu'il m'a dit, je ne suis pas vraiment sûr que ce soit vrai. Je peux comprendre qu'il n'appréciait que moyennement mes compagnes successives. J'ai un penchant pour les extraverties, des femmes qui n'ont pas froid aux yeux, qui fument, qui picolent et qui rient fort. En plus, j'en change souvent, alors que lui, il est resté collé avec sa dépressive, jusqu'à ce que la mort les sépare. Avec un petit coup de pouce au destin, toutefois. Je regrette de ne pas l'avoir contacté après le suicide de Mathilde. Mais qu'est-ce qu'on peut bien dire à quelqu'un dont la femme s'est suicidée ? Je dois avouer que son appel l'autre soir m'a secoué. C'est dingue comme j'ai tout de suite reconnu sa voix. Avant 80 ans, les voix ne changent pas, il faut dire. Mais le souvenir que j'en avais était si précis que je l'ai reconnue dès la première syllabe : « En fait je cherchais à parler à Sergio… »

Quel enfoiré ! Je ne réalise que maintenant la perfidie de son entame. Sur le coup, cela m'avait plutôt ému, en convoquant les souvenirs de nos soirées à l'appartement de la Croix-Rousse, quand on hurlait, bourrés, des insanités au milieu de la nuit, et qu'on se planquait en riant derrière les fauteuils déglingués lorsque le proprio qui habitait en dessous et qui avait les clés venait pour nous faire taire. Les concours de chants militants, *Bella Ciao* contre *Les Oies sauvages*, avec les frères ennemis des syndicats étudiants de droite, unis que nous étions dans la même adoration de la politique et le même mépris pour les tièdes, les mous, les sans-conviction. Les généreuses certitudes irresponsables de ceux qui n'ont pas eu de choix à faire et peuvent encore se croire libres. Maintenant, j'ai quand même l'impression que son Sergio était moins un clin d'œil complice qu'un reproche.

Quand on s'est connus, il était beau comme Brad Pitt, sauf que personne ne connaissait Brad Pitt à l'époque. Il était un peu timide, naïf socialement, mais j'avais été impressionné par sa capacité à analyser et conceptualiser les comportements et les pensées des gens. Il était déjà avec Mathilde. Ils avaient un statut de couple constitué qui leur donnait une place à part dans la bande. Quand elle est tombée enceinte, il s'est orienté vers des études plus courtes pour pouvoir vite gagner sa vie. Après la fausse couche, il aurait pu revenir en droit, mais sa seule ambition était dorénavant de protéger Mathilde et d'être heureux avec elle. Elle, on la sentait volontaire et fragile, toujours un peu sur le fil, mais avec une énergie vibrante. Elle avait des yeux magnifiques, un regard qui voyait ce qui reste insoupçonné pour le commun. Elle le montrait à Patrick, exigeant de lui en retour qu'il lui fasse une confiance totale, qu'il la suive dans ses intuitions et ses inclinations. C'était le genre de fille qui bouscule, qui vous tient éveillé, qui rend la vie plus dense. Et en même temps sur qui il faut veiller, car on sentait déjà qu'elle pouvait basculer. Je plaignais un peu Patrick, car il fallait pouvoir supporter les sautes d'humeur de Mathilde, son perfectionnisme insatisfait, mais je l'enviais un peu, aussi, de l'équilibre qu'ils semblaient avoir trouvé, qui m'évoquait la belle vulnérabilité d'un mobile de Calder. C'est sa deuxième fausse couche qui a tout changé. Enfin, c'est ce que je me suis dit *a posteriori*, car il y eut encore quelques années où elle pouvait faire bonne figure, et nous, on pouvait faire semblant de ne rien remarquer. Je n'ai jamais bien compris ce désir absolu d'enfant, femmes stériles, célibataires ou lesbiennes, couples gays, tout le monde veut des enfants. J'attends la prochaine revendication, celle des femmes ménopausées. Personnellement, j'ai toujours refusé d'avoir des enfants. J'étais en avance : c'est ma contribution à la sauvegarde de la planète.

Ils étaient tellement fusionnels que quand j'ai appris la mort de Mathilde, j'ai immédiatement pensé que Patrick ne lui survivrait pas. Pour tous ceux qui le connaissaient, c'est du reste presque cela qui s'est passé. Plus aucun contact, du jour au lendemain. De temps en temps, l'un ou l'autre de notre ancien groupe d'amis le croisait par hasard, devenu méconnaissable, épaissi comme la plupart, chauve comme beaucoup, mais négligé et éteint. La plupart du temps, il faisait semblant de ne pas les voir et, s'il était contraint de les saluer, il prétextait une urgence pour s'éclipser. C'est dire si j'ai été étonné de son appel l'autre soir, et frustré quand il a raccroché. En colère, même. C'est pour cela que je ne l'ai pas rappelé.

Le spécialiste police-justice de BFM a l'œil qui frise. Sur le ton du « je dis ça – je dis rien », il fait comprendre qu'il se pourrait bien que des images tournées par la chaîne soient susceptibles, mais ce ne sont que des hypothèses, puissent, donc, mettre les enquêteurs sur la piste du tueur de pompier. Enfin, il ne dit pas tueur de pompier, bien sûr, il dit l'agresseur présumé. Et en se rengorgeant, avec une mine gourmande, il nous invite à regarder des images, garanties inédites et exclusives.

J'ai un petit choc : je reconnais le péage. Il y a beaucoup de fumée, un groupe est assis sur la gauche de l'écran. Sur la droite, un type avec un blouson de cuir marron invective la première ligne de CRS. Quelques mètres derrière lui, on distingue dans la brume des fumigènes, un homme très excité, coiffé de ce qui ressemble à un bonnet de docker. Il semble y avoir un mouvement de foule, on voit des policiers qui entourent un corps à terre. Puis une charge, un homme barbu, sans bonnet, qui se fait arrêter. Derrière lui, une femme est interpellée également. Je scrute l'écran, comme la caméra zoome sur son visage, presque excité à l'idée de savoir à quoi ressemble la Madeleine de mon ami revenu d'entre les morts. J'ai un deuxième choc. Je n'ai aucune mémoire des visages d'habitude, mais là, j'en suis sûr : c'est l'une des aides-soignantes qui s'occupent de ma mère.

Mon assistante me prévient que mon rendez-vous est arrivé. Encore un créateur de start-up qui veut que j'organise le montage juridique de sa deuxième levée de fonds.

Chapitre 16

Mathilde

Patrick, mon tendre amour,

C'est moi qui ai planqué ton téléphone hier soir, excuse-moi pour ça. Je t'ai entendu pester ce matin, mais tu ne m'as pas réveillée, merci. Je ne voulais pas que tu risques de me répondre, ou pire, que tu aies le message avant de savoir et que tu t'angoisses à l'idée de ne pas arriver à temps ou des conneries comme ça. Enfin, voilà, tu sais maintenant.

Je voudrais te dire que je suis désolée.

Je voudrais te dire que tu peux m'en vouloir, à moi, tout ce que tu voudras, mais n'en vouloir qu'à moi.

Je voudrais te dire que tu n'y es pour rien, que tu n'es coupable de rien, responsable de rien.

Je voudrais te dire que tu dois continuer à marcher la tête haute, comme tu l'as toujours fait, que je t'aime pour ça.

Je voudrais te dire que j'espère que tu me pardonneras, un jour.

Je voudrais te dire que j'aimerais que tu puisses avoir de bons souvenirs de moi, de nous, et que tu parviennes, un jour, à m'oublier tous les jours.

Je voudrais te dire que, moi, j'emmène avec moi les bons souvenirs de nous, nos déambulations dans Venise, nos balades dans les collines toscanes ourlées de cyprès, nos week-ends à Rome et New York avec toi.

Je voudrais te dire que j'emmène avec moi nos disputes et nos réconciliations, nos cris et nos éclats de rire, les chansons que l'on écoutait ensemble, nos tendres câlins et l'amour que l'on faisait tranquille, loin des châteaux.

Je voudrais te dire que j'emmène avec moi ta présence, et ton beau regard.

Je voudrais te dire que je laisse mes angoisses, mes remords, ma haine de moi, ma rage de n'avoir pu porter nos enfants, mon dégoût de ne pas avoir été assez forte pour m'en remettre, de ça et du reste, et de t'avoir imposé ma dépression.

Je voudrais te dire que je laisse derrière moi ce futur qui m'empêchait de vivre. Et que je me sens légère maintenant qu'il a disparu.

Je voudrais te dire que depuis que ma décision est prise je vais mieux, que depuis que j'ai ouvert la fenêtre je vais mieux, que la boîte de médocs est prête, que l'alcool ne va pas tarder à faire effet et que je me sens bien.

Je voudrais te dire... et,

... « Je te dis de vivre et d'avoir un enfant ! »

Chapitre 17

Gérard

La veille, après avoir convaincu l'agresseur du pompier de déguerpir et m'être assuré que la mobilisation continuait sur le rond-point, je suis rentré sur Lyon pour faire le point avec quelques camarades de mon organisation. On s'est retrouvés dans un bar totalement anonyme du 8e arrondissement. Ce quartier de la sortie de Lyon vers les Alpes était connu dans les années 80 pour ses embouteillages les week-ends de départ en vacances d'hiver, les autres bouchons de Lyon, disait mon père dans une de ses tentatives d'humour toujours vaguement pathétique. Il fait maintenant l'objet d'une rénovation à marche forcée, effaçant toutes les traces de son passé ouvrier et populaire. Les usines ayant disparu depuis longtemps, c'est le reste, barres d'immeuble, petits pavillons, petits commerces, petits bistrots, qui est démoli, rénové, standardisé, aseptisé pour favoriser l'inévitable et lucrative gentrification. Comme partout, les petits *canis*, comme on appelle les troquets à Lyon, se transforment peu à peu en *Starbucks*, en bar à jus ou à sushis.

Il en restait quand même un, avec une arrière-salle sombre et invisible de la rue, compatible avec notre paranoïa d'activistes des marges. Mais, comme nous aimions à le dire, même les paranoïaques ont des ennemis. On avait donc gardé les habitudes de nos grands frères des anciennes organisations révolutionnaires, qui, faute d'avoir réussi à en déclencher une, de révolution, s'étaient maintenant embourgeoisés et présentaient rituellement des candidats aux élections sans aucun espoir ni volonté de se faire élire. Nous ne nous connaissions donc que sous nos pseudos. J'avais choisi Gérard, dont la ringardise un peu prol me paraissait devoir expier l'affectation de mon prénom officiel, Jean-Pascal. Cet artifice peut paraître totalement vain à l'heure du *big brother* numérique, mais le fait est que Jean-Pascal n'était connu que de ma famille, mon employeur et des impôts. Il avait un compte Facebook, largement inactif, car ne pas en avoir un à moins de 50 ans pouvait paraître suspect. Gérard, lui, fréquentait les AG, les comités, les ZAD, et ses avatars numériques trollaient les sites des médias officiels, tenaient un blog sur Mediapart et s'étaient initiés avec délice aux modalités de l'agit-prop 2.0, s'aventurant parfois dans les eaux troubles du Dark Web.

N'empêche, l'ordre bourgeois n'allait pas tomber sous le seul impact d'électrons s'agitant dans des fibres optiques. Mes camarades partageaient mon analyse, et validaient l'idée de faire un peu de grabuge sous prétexte d'aller réclamer la libération de ce Michel. Le rond-point de l'A43 était le point le plus chaud de la région, et l'idée était de souffler méthodiquement sur les braises, en espérant déclencher un grand embrasement.

En fait, j'allais devoir changer mes plans. Quand je suis retourné sur le rond-point le lendemain matin, la libération de Michel n'était pas encore connue. Les quelques gars qui avaient gardé la cabane pendant la nuit avaient les traits tirés et une haleine de buveur de bière. Ils avaient fait du café dans une grande cafetière italienne sur un réchaud de camping. Je m'étais arrêté avant d'arriver dans une de ces boulangeries issues de la reconversion d'anciennes stations-service qu'on trouve sur le bord des nationales. Les voies de l'aliénation des masses étant passées du culte de la bagnole à la ferveur pour les baguettes aux trois farines et cinq céréales, les pompistes d'antan ont mis la clé sous la porte pour être remplacés par des boulangers franchisés, labellisés artisans authentiques. J'avais pris une vingtaine de croissants, ce qui, allié aux saucissons laissés par quelques paysans solidaires, donnait presque au rond-point une allure de brunch campagnard. Au fur et à mesure, la brume qui recouvrait encore les champs alentour crachait un chapelet de voitures, toutes arborant leur gilet comme un insigne. D'une vieille Opel Corsa est sortie Madeleine tout auréolée de sa fraîche gloire. Elle marchait avec un léger sourire, plus droite que je ne l'avais jamais vue les journées précédentes, plissant les yeux face aux premiers rayons du soleil. Elle s'était apprêtée, avait laissé tomber la parka avec laquelle je l'avais toujours vue les jours précédents, pour une robe, je dirais années 50, mais sans garantie. Ses traits avaient perdu en lourdeur ce qu'ils avaient gagné en sensualité. Je me suis dit qu'elle n'était pas si mal, après tout. Il y eut un mouvement de foule, et le rond-point parut basculer du côté où elle arrivait. « Bonjour Madeleine ! », « Bravo Madeleine ! », « Déjà de retour ? », « Bien dormi ? », « Bien remise ? Tu aurais dû te reposer un peu ». Tout le monde cherchait à l'interpeller, la congratuler. J'ai vite attrapé une tasse de café et un croissant et je me suis dirigé vers elle.

« Bonjour Madeleine ! Ça va, ça n'a pas été trop dur avec les flics ? Tiens, on fête ta libération avec des croissants !

— Merci Gérard. » Elle avait dit ça avec une assurance un peu forcée, genre on parle d'égal à égal maintenant, mais ses yeux s'étaient allumés à l'attention que je lui manifestais. Finalement ça n'allait pas être très difficile de lui faire oublier son Michel.

« C'est dégueulasse ce qu'ils t'ont fait, ce qu'ils vous ont fait à toi et à Michel. J'avais pris soin d'élever la voix, afin que tous puissent m'entendre.

— Vous avez des nouvelles de Michel ? a-t-elle demandé d'une voix retrouvée de petite fille.

— Non, *nada*. Je pense qu'ils peuvent le garder quarante-huit heures. Enfin, si on ne fait rien ! »

Je parlais fort désormais et j'ai vu que la plupart des regards se tournaient maintenant vers moi, oubliant Madeleine. La question que j'attendais vint immédiatement.

« Mais qu'est-ce qu'on pourrait faire ? »

J'ai fait mine d'hésiter : « Je ne sais pas moi, il faudrait qu'on en discute. Ça pourrait être une bonne chose d'aller là-bas, manifester notre soutien devant le commissariat ? »

Les présents ont tout de suite trouvé l'idée excellente. Les pacifiques y voyaient d'abord le moyen de manifester leur solidarité avec leur bon pasteur, les plus violents flairaient l'occasion d'y obtenir leur dose d'adrénaline et de baston. On a continué à débattre, histoire de peser le pour et le contre, comme toute bonne assemblée délibérative. Surtout ne brusquer personne. On a convenu qu'il fallait au moins attendre une heure ou deux, pour laisser aux gens le temps d'arriver.

Ça me laissait le temps de nous organiser. Après les échauffourées de la veille, les flics n'avaient laissé qu'une voiture à côté de la barrière de péage, et ils n'avaient pas jugé utile de dégager le rond-point. Je me suis isolé avec deux jeunes gars fiables de la région, que j'avais connus quelques mois plus tôt, à l'occasion d'un trajet vers Notre-Dame-des-Landes. Pour perpétuer ce souvenir commun, je continuais à les appeler Camille 1 et Camille 2.

Je leur demande alors de chercher des bouteilles de verre, de l'éthanol, du détergent. L'un d'eux me dit qu'il peut trouver de l'acide chlorhydrique pour faire des bombes avec de l'aluminium. Je leur conseille aussi de passer acheter des lunettes de piscine à *Décathlon*, d'en prendre assez pour faire une large distribution.

Les gens continuent d'arriver sur le rond-point. Notre feu de joie avec le péage, bien relayé par ces idiots utiles de BFM, nous a donné une vraie notoriété. Il y a pas mal de nouvelles têtes, qui viennent de plus loin que les villages des environs. Il y en a même qui viennent de Lyon si j'en juge par les plaques des voitures. Je me suis assis sur l'un des fauteuils Grosfillex en plastique blanc pour checker mon smartphone. C'est là que j'ai vu que Michel avait été libéré et qu'il allait falloir trouver un plan B. J'ai basculé sur BFM TV. Je ne sais pas si c'est la proximité de l'autoroute, mais le réseau est loin d'être si mauvais pour une zone réputée blanche de la France périphérique. Je me vois sur l'écran de mon téléphone, devant les CRS. Ils repassent les images de la veille. Je suis parfaitement reconnaissable. Surtout, le type au bonnet, derrière moi, est totalement identifiable. Il ne me semble pas qu'on le voie en train de lancer le bloc sur le pompier, mais je distingue mal. Et puis, il y a peut-être d'autres images. Je pense que la police ne va pas tarder à rappliquer. Et pas avec des petits moyens, ils ne vont pas prendre de risques. Dans ce cas, ce n'est pas l'invasion de Blaireauxville qu'il va falloir planifier. Non, on est passés à Fort Chabrol, c'est un siège qui doit être organisé.

Cette fois, je décide de me mettre en mode leader. J'enlève mon blouson, vais le déposer dans la cabane, puis je monte sur le fauteuil, et interpelle

« s'il vous plaît, s'il vous plaît » pour obtenir le silence. Les conversations s'arrêtent, les regards vaguement inquiets se tournent un à un dans ma direction. Je peux commencer.

D'abord, l'accroche, positive, pour m'attirer la bienveillance accordée aux oracles annonciateurs d'événements heureux :

« J'ai une bonne nouvelle, une excellente nouvelle même, Michel a été libéré ! » Je m'interromps pour laisser à tous le temps d'applaudir.

Poursuivant sur mon élan, je raconte qu'il faut y voir la preuve que notre mobilisation et notre détermination peuvent faire céder le pouvoir et les forces de la répression. Que cette libération doit être un encouragement à rester unis, solidaires et combatifs. Mais, j'ajoute, sur un ton maintenant plus angoissé, il nous faut rester vigilants. C'est le moment de sortir le mot magique, l'État policier, qui, bien sûr, ne s'avouera pas vaincu aussi facilement, et j'embraye sur la partie anxiogène :

« Il faut s'attendre à de nouvelles attaques, de nouvelles agressions. » Deuxième temps : l'interpellation, de manière à impliquer l'auditoire.

« Rendez-vous compte, l'État policier ne peut pas laisser passer l'humiliation que représente pour lui la libération contrainte de notre camarade ! Vous imaginez ce que cela représente ? » Et là, bing, on passe du vous à nous, c'est-à-dire eux plus moi : « Nous, nous qui ne sommes que nous, nous qui ne sommes rien, nous, nous l'avons fait reculer, l'avons fait capituler. Il ne pourra, il ne peut pas l'accepter. »

Je reprends mon souffle après cette tirade. Au bord du rond-point, je distingue le lanceur du parpaing, toujours affublé du même bonnet de docker, comme une cible plantée sur sa tête stupide. Il a un méchant rictus qui me ferait presque peur. Il tient maintenant sans vergogne sa batte de base-ball, bien visible, dressée comme une sagaie.

Je baisse maintenant la voix et, presque en murmurant, j'assène : « D'autres innocents vont bientôt être mis en cause, car le pouvoir veut un coupable. » Je crie maintenant : « Il lui faut un coupable ! Il a besoin de cette injustice, car l'injustice est son oxygène. Et, mettez-vous à sa place, vous seriez ce pouvoir et ces forces de répression, où viendriez-vous le chercher, cet innocent, pour en faire un coupable ? Ici ! Ici même, sur ce rond-point ! Et cet innocent, ce peut être n'importe lequel d'entre nous. » Voilà, je remets l'individu au centre du groupe, histoire que chacun se sente concerné, ait une bonne raison de craindre quelque chose pour lui. Ne pas oublier qu'ils ne sont pas venus pour une aspiration collective, mais chacun pour sa peau.

Je repère Madeleine qui me regarde, tête levée avec une drôle de lueur dans les yeux. Elle n'a plus rien d'enfantin à cet instant. Je soutiens son regard, comme pour lui dire, je te regarde, je vois le chemin que tu es en train de prendre, sois fière de ta détermination. Je vois qu'il n'est plus question de s'asseoir, les mains sur la tête, plus question que tu te soumettes, plus question que tu acceptes. C'est comme si je lui parlais à elle désormais, rien qu'à elle au milieu de la foule.

Il est temps de conclure, il faut qu'ils soient chauds bouillants. Puisque cet abruti de Michel s'est déjà fait libérer, il faudra que la confrontation ait lieu ici même, sur un rond-point, comme un symbole. Je reprends *crescendo* : « Il va falloir se défendre, il va falloir répondre à la violence qu'ils déclencheront contre nous, il faut le faire, pour Michel, pour l'innocent qu'ils voudront sacrifier, pour chacun d'entre nous et pour Madeleine, Madeleine qu'ils ont cherché à faire craquer et qui est là, de nouveau, debout au milieu de nous. Nous devons être à la hauteur de son courage et résister. »

Je ne la quitte pas des yeux en sautant du fauteuil. Je vois que des larmes coulent sur ses joues, des larmes franches, salvatrices, purificatrices des humiliations accumulées, et que flotte sur son visage un sourire de vainqueur.

Mon petit discours a eu son effet. Quelqu'un a crié : « Gilets jaunes, où êtes-vous ? » Et le rond-point a répondu par un *clapping*, les mains frappant la cadence, haut, au-dessus des têtes. « Ahou ! Ahou ! Ahou ! »

Au loin, sur l'autoroute, on distingue une colonne de camions bleus, précédée de voitures, gyrophares allumés. Elle déclenche des huées, des exclamations, des cris : « Ils arrivent ! Allez, venez nous chercher ! »

Déjà, des vieilles camionnettes, des remorques, un tracteur ont pris position sur chacune des routes qui se jettent dans le rond-point, pour en interdire l'accès.

Une noria se met en place pour monter des barricades de pneus et de palettes, prêts à être enflammés.

Je fais signe aux deux Camille, déjà revenus avec leur butin d'explosifs, de me suivre dans la cabane et nous le stockons dans une vieille cantine en métal bleu. On distribue les lunettes qui passent de mains en mains, les plus jeunes remontent leur foulard au-dessus du nez. L'homme au bonnet, déjà ivre de rage, frappe d'une main sa batte contre le sol et tend, haut, le majeur de sa main gauche en direction de l'autoroute tout en hurlant des insultes. Il y a de l'angoisse, de l'excitation, de l'amusement pour certains.

Le soleil semble s'être arrêté à la verticale du rond-point. Moi, je suis calme.

Chapitre 18

Madeleine

Bizarrement je n'ai pas vraiment été contente quand j'ai entendu Gérard nous annoncer que Michel avait été remis en liberté. Bien sûr, d'un côté j'étais soulagée, heureuse pour lui, mais justement, pour lui, pas pour moi. J'ai tout de suite senti que quelque chose me gênait dans cette annonce. Le sentiment que cela avait été trop simple, trop facile. J'étais déjà partie dans ma tête pour manifester devant le commissariat, leur montrer à tous qu'on ne laissait pas tomber l'un des nôtres, qu'on n'avait pas peur, même quand, comme moi, on avait déjà été arrêtée. Sa libération, trop rapide, nous privait d'un moment rare, d'un moment fort. Mais il y avait quelque chose d'autre. Je me suis rendu compte que je craignais qu'il arrive, qu'il apparaisse sur le rond-point. Je craignais qu'il me voie, dévorant maintenant des yeux Gérard, qui me montrait qu'il savait que j'existais, qu'il me voie buvant les mots de Gérard, qui m'avaient dès les premières phrases donné la chair de poule, puis qui m'avaient fait pleurer, mais pleurer comme je n'avais jamais pleuré avant, pleurer comme dans l'expression que je croyais faite pour les autres, pleurer de joie, d'émotion. Savoir que Michel pourrait me voir comme ça me mettait mal à l'aise, comme si je lui étais infidèle. Oh, mais après tout, je ne lui dois rien, on n'est pas ensemble non plus. J'ai commencé à lui en vouloir de ce sentiment de gêne, presque de honte, que je ressentais à cause de lui. Et plus j'écoutais Gérard, sa fougue, ses appels à l'action, plus je me disais que c'est lui qui avait raison, que Michel nous avait endormis avec sa modération. Est-ce qu'ils avaient été modérés, les flics, quand ils m'avaient matraquée ? Est-ce qu'ils allaient être modérés, tout à l'heure, quand ils viendraient en prendre un autre, sans doute au hasard, pour nous faire tous passer pour des criminels ? En fait, tous ces jours, je m'étais dit parfois que je ne comprenais pas toujours ce que Michel disait, je ne comprenais pas pourquoi il tenait tellement à respecter la légalité, à condamner la violence, qu'on se perdrait si on rentrait là-dedans, qu'il fallait rester dans le cadre pour faire évoluer les choses. Je me disais que je ne comprenais pas et je lui faisais confiance. Maintenant je réalise que ce n'est pas que je ne comprenais pas, c'était que je n'étais pas d'accord. Et je me rends compte que, souvent, quand je me disais que je ne comprenais pas, que c'est les autres qui devaient avoir raison, c'était simplement pour éviter d'assumer que je n'étais pas d'accord.

Dès que le convoi de la police a été repéré, les gens se sont très vite organisés pour bloquer les accès, monter les barricades. J'ai regretté de m'être mise en robe, quelle idiote. J'ai aidé un jeune que j'avais déjà vu les jours précédents, à transporter une palette sur la bretelle qui menait au péage. Je me suis enfoncé une écharde sous l'ongle du pouce, ça m'a fait un mal de chien, mais j'ai serré les dents. La prochaine fois je prévoirai des gants de jardinage. J'ai vu une voiture qui s'avançait vers nous à vive allure, avant de piler face au tracteur qui s'était déjà positionné en travers de la route. Ce n'était pas une voiture de police, ou alors, banalisée. Non, en fait, c'était la voiture de BFM, le journaliste et son technicien en sont sortis. Le journaliste avait son micro à la main. Il paraissait vraiment très jeune, même pas 30 ans, une tête de premier communiant. Il tendait son micro devant lui, fébrile et maladroit, comme pour nous dire : « Allez, soyez sympas, dites-moi quelque chose. » Je me suis dit qu'on devait s'attendre à ne pas avoir Laurent Delahousse, mais de là à nous envoyer le stagiaire de troisième ! Le technicien avait l'air plus expérimenté, grand, sec, moustache et catogan. Il restait un peu en retrait, un regard vaguement blasé. On les a tout de suite entourés : « Qu'est-ce que vous voulez ? Vous cherchez quoi ? On ne vous dira rien. » Certains ont sorti leur téléphone pour les filmer : « On ne vous fait pas confiance. » Le jeune a dit : « On voudrait seulement avoir vos réactions.

— Réactions à quoi ?
— Aux événements d'hier soir.
— Quels événements ?
— L'incendie du péage, la grave blessure du capitaine des pompiers, vous comprenez que cela puisse choquer ?
— Quelle blessure ? Quel pompier ? Qui a dit qu'il y a eu un blessé ?
— Ben, moi. J'y étais.
— Toi ? Et tu crois qu'on va te croire. Mais, vous tournez, là ? Non, mais ça va pas ? Coupez la caméra ! Coupe ça tout de suite, tu entends ! »

Le jeunot était de plus en plus mal à l'aise. La foule qui avait senti la peur et la faiblesse devenait agressive et sûre d'elle-même. C'est humain. Le technicien a manipulé quelque chose sur sa caméra, et l'a levée au-dessus de sa tête.

« C'est bon, calmez-vous, c'est coupé, là.
— Et le son ? Donne-nous ton matériel, tout de suite ! » Le moustachu s'est reculé, a jeté un regard derrière, comme pour évaluer la distance qui le séparait de sa voiture.

J'ai crié : « Il veut s'enfuir ! » Deux types de chez nous se sont mis entre les journalistes et leur véhicule ; vous avez voulu venir, vous allez rester maintenant, vous partirez quand on le décidera. Le gamin regardait la foule, paniqué. Il gardait ses yeux au niveau de nos épaules, évitant à tout prix de croiser un regard. Il faut dire qu'ils n'étaient pas très sympathiques, nos regards. Il les aurait croisés, il aurait pu y lire toute notre exaspération, toute notre méfiance, nourrie de toutes ces images moches de nous-mêmes, toutes ces caricatures, tous ces propos mis dans nos bouches qui ne disaient rien de nous, tous ces montages, toutes ces coupes, qui nous trahissaient. Il était devenu tout rouge, de chaleur, de peur, d'énervement aussi. Il a levé la voix : « Je fais mon métier, et d'ailleurs, nous vous avons donné la parole, des heures d'antenne, sans nous, vous ne seriez rien.

— Journaliste, c'est un métier, ça ? Tu te prends pour qui ? Qu'est-ce que tu as dit ? C'est grâce à toi qu'on existe ? »

C'est moi qui ai lancé cette dernière phrase. Je sentais la colère monter en moi. Pour qui il se prenait le représentant des médias ? Il croyait vraiment que son rôle de larbin lui permettait de faire exister des gens qui, sans lui, ne seraient rien ? Alors qu'il n'est juste qu'un domestique aux ordres, inutile, malfaisant. J'étais au premier rang maintenant, je voyais la sueur sur son gros visage rouge de bébé courroucé, ses doigts crispés sur son micro. Il fallait que ça sorte : j'ai saisi le micro et l'ai jeté par terre.

« Tu es quoi maintenant, sans ton truc ? Tu n'es juste rien, comme nous ! Tu vas voir ce que ça fait. » J'ai vu passer une main par-dessus mon épaule, qui l'a saisi par le col de la chemise au moment où il se baissait pour ramasser son micro. La chemise s'est déchirée, laissant paraître un bout de torse, rose et mou. Il a hurlé, lâchez-moi, mais déjà d'autres mains le saisissaient, arrachaient le reste de sa chemise, l'empêchant de se dégager.

« Arrêtez ! » C'est Gérard qui a crié de l'arrière, avant de venir s'interposer. « Calmez-vous, regardez, les flics arrivent. » Effectivement, un fourgon venait de stopper juste derrière la voiture de BFM, devant le tracteur. Gérard a repris, plus calmement, expliquant qu'il venait d'apprendre que BFM avait donné les images tournées la veille à la police. La foule a grondé : « Journalistes collabo ! » Une femme que je n'avais jamais vue, coupe courte, mèches blanches sur fond gris, visage gonflé à force d'alcool, a lancé : « Le journaleux, on le veut à poil sur les palettes ! », déclenchant une rafale de rires et quelques oh de réprobation contenue. Gérard a souri. « Je ne suis pas sûr d'avoir envie de voir ça, a-t-il répondu reprenant le contrôle des rieurs. Par contre, tant qu'ils sont avec nous, il avait dit ça en montrant de la tête le journaliste et le technicien, la police n'interviendra pas. Messieurs, a-t-il dit d'un ton tout à fait courtois, je vous invite à venir faire votre métier depuis le centre du rond-point, d'où vous aurez un point d'observation tout à fait privilégié. »

Deux jeunes qui le suivaient ont pris fermement nos désormais invités par les épaules, et les ont fait asseoir sur les fauteuils de jardin, disposés dos à dos au centre du rond-point. Le technicien ne disait rien, mais on sentait qu'il luttait pour ne pas exploser de colère. Le journaliste en revanche, sitôt assis, a essayé de se relever pour s'échapper. Gros malin, c'était perdu d'avance, bien évidemment, il s'est de nouveau fait replaquer sur son siège. « Désolé que vous le preniez comme ça, a dit Gérard, toujours avec une hypocrisie assumée, j'aurais préféré éviter toute coercition. »

Se tournant vers les Camille, il leur a demandé de veiller à ce que les journalistes *embedded*, je ne sais pas ce que cela signifie, restent dans le périmètre qui leur avait été assigné.

J'étais bluffée. Gérard a fait tout cela avec une autorité calme, semblant toujours maître de lui et de ses mots, presque détaché. Et de l'humour en plus. Jamais je ne pourrais faire ça, moi. Soit je m'écrase et je me trouve nulle, soit je m'énerve et je me trouve ridicule. La plupart du temps, j'encaisse, je ne dis rien, faute d'oser, faute de mots. Le soir, quand je rentre, je suis à bout. Quand Damien était encore à la maison, au moins je pouvais en parler à quelqu'un. Je lui racontais ce qui s'était passé, que cette fois, c'était la dernière fois, mais que non, jamais plus on me parlerait comme ça, ou on me ferait faire ça, ou j'accepterais de faire ça. Quand il était encore petit, il prenait ma défense, il me disait : « Maman, ceux qui t'embêtent j'irai leur casser la figure. » Ça m'arrachait un sourire. Plus tard, il m'écoutait sans rien dire, guettant le moment où il pourrait s'échapper dans sa chambre. Ces derniers temps, il était devenu dur, presque méchant : « Arrête, maman, tu sais très bien que tu ne feras jamais rien, et que ça continuera toujours comme ça, alors si tu arrêtais de te plaindre. Ou alors donne-toi les moyens de changer de vie, ou au moins de job. »

C'est vraiment injuste qu'il me dise ça. Changer de vie, j'aurais peut-être pu. On m'avait proposé une formation, quand il avait 7 ans, pour devenir secrétaire médicale. Un métier plus tranquille, en tout cas moins fatigant, sans contact avec les corps usés, les fins de vie absurdes et tristes, un métier sans les odeurs, sans les cris, sans les pleurs, sans la mort, un métier qui ne laisse pas de trace, qu'on laisse derrière soi quand on quitte son bureau. Mais c'était peu de temps après le départ de son père, il aurait fallu déménager, je le sentais tellement malheureux de quitter ses copains. J'ai préféré renoncer. Tout ça pour qu'il s'en aille, dès ses 18 ans, en me faisant bien comprendre qu'il faisait, lui, ce que j'aurais dû faire : quitter ce trou.

Il y a de plus en plus de monde côté police, de l'autre côté de la barricade. En plus des classiques fourgons de CRS, il y a un nombre inhabituel de voitures banalisées. Ils ont coupé la bretelle de sortie de l'autoroute. Cela dit, ils ont quand même laissé passer les véhicules des télévisions. Il y en avait au moins quatre ou cinq, dont trois avec de grosses antennes. Je n'avais jamais eu l'occasion de voir ça.

Je me suis rapprochée d'un petit groupe qui s'était rassemblé pour suivre BFM sur un smartphone. En plateau, ils parlent de journalistes pris en otage sur un rond-point.

N'importe quoi !

Chapitre 19

Patrick

Je suis arrivé juste avant que tout ne soit bloqué. C'est drôle, on aurait dit une vignette d'un *Lucky Luke* de mon enfance, *Le 20e de cavalerie* je crois, avec le cercle des chariots, les Indiens qui tournent autour des chariots, et la cavalerie qui tournent autour des Indiens. Évidemment, là c'était plus statique. La plupart des gens étaient regroupés sur le rond de pelouse, avec au centre deux personnes assises sur les fauteuils de jardin. Un deuxième cercle était formé de voitures ou de remorques, postées à chacun des croisements et reliées entre elles par un amoncellement de pneus, de palettes, quelques bandes de goudron arrachées à la chaussée. Et cinquante mètres plus loin, il y avait les forces de l'ordre, casques encore portés à la ceinture, signalant que l'assaut n'était pas imminent.

Je me suis avancé sur le rond-point. Juste au bord, mais déjà dans l'herbe, totalement incongru, il y avait la bonnette bleue d'un micro de BFM TV, et un peu plus loin sur l'asphalte, le micro lui-même. Il y avait une tension électrique, des conversations énervées, des éruptions de testostérone, des insultes criées vers les policiers. J'étais mal à l'aise, de nouveau, mais pas comme la première fois, le soir où Stéphane m'avait conduit là. Ce soir-là, c'est moi qui me mettais mal à l'aise, j'étais encombré de moi-même, rétif à tout contact entre moi et les autres, quels qu'ils puissent être. Je me rends compte que j'étais taraudé par la honte, comme une honte de survivant. Aujourd'hui, c'est différent. Ce sont les autres qui m'encombrent, pas tous les autres, ceux-là, ceux de ce rond-point, avec leur débord de grossièreté, d'agressivité, de haine à fleur de peau. J'ai un sentiment étrange, je me sens de nouveau faire partie du monde, mais d'un monde qui ne me plaît pas.

Je n'avais pas prévu de venir. Ce matin, je m'étais réveillé encore tout plein des rêves de la nuit. Pour la première fois depuis des années, j'avais rêvé de Mathilde. C'était un rêve doux, sans cris, sans pleurs. On était tous les deux, dans une ville qui pouvait être Venise. En tout cas, il y avait de la lumière dans de l'eau. Elle ne parlait pas, mais elle avait l'air heureux, celui des premiers temps de nous deux, cette beauté fragile de soie qu'on déchire dont je m'étais cru le gardien. Cela faisait longtemps que j'avais cessé de rêver à elle, pour me protéger sans doute, car à chaque fois, je me réveillais oppressé, angoissé et incapable de me rendormir. Je me suis dit que j'allais pouvoir recommencer à penser à elle.

Je n'avais pas mis la radio et m'étais repassé le film de ma conversation avec Sergio et des réflexions qu'elle m'avait inspirées. J'ai eu de nouveau un sentiment de honte en repensant à la manière dont j'avais interrompu la conversation. Un comportement de dément ou de crétin des Alpes. Mais au lieu de l'enfouir, j'ai envoyé un SMS à Sergio pour m'excuser, et lui dire que ça me ferait plaisir de le revoir, s'il le voulait bien évidemment. Il m'a répondu presque instantanément : « *No prob'*, dispo pour un verre ce soir ? » Puis, deux secondes plus tard : « Et plus si affinités » avec le smiley de rigueur. Je n'étais plus si sûr de vouloir me réhabituer à tout ça, mais j'avais vraiment envie de le voir, et de me redonner une chance. En finissant mon café, il m'est apparu évident qu'il fallait d'abord que je m'achète des fringues. Depuis la mort de Mathilde, je vivais sur mon stock, il n'y avait pas un vêtement qu'on n'ait choisi ensemble. La perspective de devoir y aller seul m'a un peu terrifié. Je me suis rassuré en me représentant mentalement le grand magasin de mon enfance, un grand parallélépipède sans charme, une architecture d'entrepôt, qui avait survécu à une litanie de crises et de changements de propriétaires, et qui m'accueillerait avec l'anonymat et la familiarité propices à l'exécution de cette tâche. On s'est encore échangé quelques textos avec Sergio.

Comme à chaque fois, le passage de ma voiture devant le portail de la ferme voisine déclencha les aboiements furieux des deux chiens enchaînés dans la cour, suivis du rappel à l'ordre automatique et excédé de leur propriétaire. Je regardais le paysage sans aménité, repérant les laideurs infligées par la négligence de ses habitants à une nature potable mais sans charme particulier ; vieux pneus stockés dans les champs, dont je n'ai jamais compris la fonction, baignoires servant d'abreuvoirs à des vaches pas propres, matériel agricole achevant de rouiller en plein air, murs de moellons, portails enduits de minium, tôles ondulées, toits en fibrociment. Toutes ces horreurs, si caractéristiques de nos campagnes laborieuses, dont je m'étais accommodé toutes ces années sans même les remarquer, me sautaient maintenant au visage et me heurtaient l'œil.

La radio s'était mise en marche toute seule quand j'avais mis le contact sans que j'y prête attention. Le jingle annonçant le flash info attrapa ma vigilance. C'était bien trop tard pour Bourdin, et le journaliste anonyme égrenait ses *news* sur un ton à l'enthousiasme forcé, essayant de maintenir notre attention pour les trois minutes qui lui étaient accordées, entre deux émissions où des gros lourds commentaient de manière indistincte l'actualité *people*, sportive ou politique, sur un même ton ricaneur et toujours vaguement salace. La deuxième entrée du journal était consacrée à une situation confuse sur le rond-point du péage de l'A43, malgré la libération des deux gardés à vue de la veille, mais renvoyait au journal de 13 heures pour de plus amples développements. Sergio avait donc eu raison quand il m'avait dit que Madeleine ne risquait pas grand-chose.

J'ai pris la première à droite, la route qui contournait le village et menait à l'autoroute. Je me disais que ça me laisserait la possibilité de m'arrêter au rond-point, mais que je verrais sur place. C'est comme ça que je suis arrivé. Pourquoi j'ai décidé de m'arrêter ? Je ne sais pas trop. Je me demandais si Madeleine y serait.

J'ai ramassé la bonnette du micro, et j'ai commencé à déambuler sur le rond-point. Tout le monde portait un gilet jaune, sauf Gérard, toujours avec son blouson marron, et deux types entièrement vêtus de noir qui paraissaient surveiller les deux hommes assis sur les fauteuils. J'ai demandé à quelqu'un qui ils étaient. J'étais étonné, ils n'avaient pas l'air de faire leur boulot de journalistes, plantés dans leurs fauteuils de jardin, l'un présentant un air hautain et renfrogné, l'autre semblant pleurer, le visage dans ses mains.

Un policier avec un mégaphone a intimé à la foule de se disperser, ne déclenchant qu'une nouvelle salve d'injures et quelques lancers de projectiles divers. Il attendit que le calme revienne et demanda à parler à un responsable.

« On n'a pas de chef, tu n'arrives pas à te mettre ça dans ton crâne de flic aux ordres ? » fut l'une des réponses que je parvins à capter dans le brouhaha renouvelé.

Le policier, je pense qu'il devait s'agir d'un commissaire, s'est passé une écharpe bleu blanc rouge autour du torse, a lancé un fumigène rouge et a crié :

« Obéissance à la loi, dispersez-vous, nous allons faire usage de la force. » Ce cérémonial m'a semblé complètement irréel.

Mais ce ne sont pas les flics qui ont chargé, ce sont ceux du rond-point qui sont passés à l'attaque. De la cabane, Gérard et les deux types en noir lançaient des cocktails Molotov sur les premières lignes de CRS, et au même moment les barricades étaient enflammées. Je vis la jambe d'un des CRS prendre feu. Il fut tiré vers l'arrière par deux de ses collègues, ce qui brisa leur ligne. Comme des pirates partant à l'abordage, un groupe mené par un grand type costaud, j'ai pensé qu'il avait une tête de boucher mais c'est sans doute le poids des clichés, a grimpé par-dessus les voitures qui servaient d'obstacles, allant au contact des boucliers. Le leader de ce groupe avait une pelle dont il assenait des coups énormes faisant reculer à lui seul trois policiers casqués. Le reste du rond-point l'encourageait, hurlant comme sur un champ de courses pour galvaniser son champion. Il y avait une folie ardente dans les regards, de la sauvagerie dans les corps et une salve de jouissance malsaine quand la pelle fit littéralement exploser un casque, et s'agenouiller sous le choc le CRS qui le portait. Déjà, ceux qui suivaient étaient sur le flic à terre, frappant des pieds, des poings, frappant encore, criant, refrappant jusqu'à ce qu'une salve de grenades les fasse reculer.

Le groupe réintégra le cercle protecteur sous les acclamations. Parmi les plus enthousiastes, je reconnus Madeleine. À en juger par la joie qui lui déformait le visage, elle ne semblait pas avoir trop souffert de son passage au poste.

Un coup de vent rabattit la fumée noire des pneus sur le rond-point. L'espace de quelques secondes, il sembla peuplé de fantômes jaune fluo, déambulant dans un décor de *Mad Max*. Les policiers avaient reculé de cinquante mètres et paraissaient maintenant attendre des ordres. Gérard organisa une distribution de bières. Il devait se dire qu'une petite augmentation de la dose d'alcool en circulation maintiendrait l'intensité émeutière.

Je regardais de nouveau Madeleine, cherchant à comprendre ce qui m'était arrivé, ce qui l'avait conduite à être la femme me sauvant du brasier dans mon rêve de l'autre nuit. Je l'observais et ne distinguais toujours pas pourquoi elle avait eu ce pouvoir de me forcer à faire renaître mes drames enfouis et me donner enfin le désir de leur faire face. Il n'y avait sans doute rien à comprendre. Madeleine a vu que je l'observais. Son regard est devenu dur et elle s'est dirigée droit sur moi.

« Alors, je l'attends toujours votre avocat. » C'était dit méchamment, ce qui m'a libéré instantanément de la boule qui avait commencé à se reformer. Le berger en moi, toujours prompt à se manifester, s'évanouissait et je passais en mode attaque-défense.

« Apparemment vous n'en avez pas eu besoin, puisqu'il n'a pas eu le temps d'arriver.

— Qu'est-ce que vous faites ici ? Vous travaillez pour eux ? » Elle a montré le camp des policiers d'un mouvement de tête. « Je vous ai bien vu, hier, derrière leur ligne.

— Pas du tout, bien sûr que… » J'ai senti que ma voix flanchait de nouveau, que j'allais recommencer à bougonner des syllabes incohérentes, un embrouillamini d'explications inaudibles. Je retombais dans l'impasse des justifications, des excuses, de la honte, de la culpabilité. « Croyez ce que vous voulez, après tout. En fait, j'étais juste venu vous dire merci.

— C'est ça, casse-toi, avant qu'on ne te fasse regretter d'être venu. »

J'ai tourné le dos, bien décidé à m'en aller. Encore faudrait-il pouvoir passer deux lignes de défense.

Tout à coup, il y a comme une effervescence sur le rond-point. De toute évidence, une information importante est parvenue à quelques-uns, mais tous ne la connaissent pas et tous cherchent à savoir. Il flotte dans l'air des questions sans réponses, des « Attends, je me renseigne », des « Qu'est-ce qui se passe ? ». Comme un nuage de particules métalliques s'orientant progressivement sous l'action d'un champ magnétique, une ligne cohérente de bouches et d'oreilles se constitue jusqu'à la source de l'information, la recueille et la fait repartir comme une onde pour irriguer chaque parcelle du rond-point.

Les mains saisissent des smartphones, entrent des adresses et lancent une vidéo. Je me suis inséré dans un cercle qui s'arrache les yeux à décrypter une scène sur un écran trop petit. Quelqu'un s'exclame : « Ah, les salauds ! BFM, BFM, ils ont filé leurs images à la police, et soi-disant, elles permettent d'identifier celui qui aurait agressé le capitaine des pompiers. Quoi, encore, cette histoire ? La foule gronde, on sait bien qu'il n'y a jamais eu de blessés, vous avez vu un pompier à terre, vous ? On y était, on n'a rien vu, c'est bien la preuve qu'ils mentent. »

Moi je sais que c'est vrai.

Mais ça continue dans la foule ; ça s'étrangle d'indignation : on sait que c'est juste histoire de fabriquer des preuves, tout le monde sait qu'on peut trafiquer une vidéo.

Je peux maintenant regarder les images : ce qu'elles montrent, quoiqu'un peu floues, mais de manière suffisamment nette, c'est l'homme au bonnet de docker qui lance un morceau de parpaing, et le pompier qui s'effondre.

« *Fake news*, gronde de nouveau la foule, qui s'est maintenant tournée vers le centre du rond-point. Menteurs, pourris ! » La haine a changé d'objet, plus personne ne regarde les CRS. Tous fixent désormais les deux journalistes, qui se sont levés, et regardent en tous sens pour chercher une issue.

Personne ne fait attention au grondement, d'abord imperceptible, puis qui se rapproche : un hélicoptère bleu de la gendarmerie qui est déjà au-dessus de l'autoroute et qui sera bientôt sur le rond-point.

Le cercle, inquiétant, sauvage, de la foule aveuglée, ivre de sa colère et de sa force, se resserre. Les deux jeunes en noir semblent hésiter sur la marche à suivre, cherchent Gérard du regard. Gérard est derrière, inquiet, incrédule mais aussi inutile qu'un barrage qui lâche sous la masse d'eau qu'il a lui-même fait monter.

À ma droite, je suis bousculé. C'est l'homme au bonnet qui court, la batte de base-ball levée, en direction des journalistes. C'est un réflexe, juste un réflexe, pas un acte d'héroïsme, je tends ma jambe et le fauche. Sous le choc, nous tombons tous les deux, il lâche sa batte, je sens l'humidité de l'herbe. La foule change la direction de son regard, fixant les hommes à terre. Je vois les journalistes en profiter pour s'échapper. Je sens un grand souffle d'air, les pales de l'hélicoptère qui est désormais positionné juste au-dessus de nous. J'entends des cris, des « Qui c'est ce type ? ». J'entends des détonations qui viennent du côté de la police. Quelqu'un hurle de douleur, d'autres crient : « Son œil, il a perdu son œil ! » Une pluie de lacrymogènes s'abat sur le rond-point. Les yeux me piquent, ils sont pleins de larmes. Une balle de caoutchouc rebondit sur la jambe de l'homme au bonnet qui se prend la cuisse de douleur. Je vois Madeleine, c'est elle maintenant qui tient la batte de base-ball, au-dessus de son épaule gauche. Elle me regarde. Dans le vacarme des détonations et de l'hélicoptère, je crois voir ses lèvres former un mot : « Salaud. » Je sens un grand choc sur ma tête, je tombe, la joue sur l'herbe qui sent la poudre. Je n'entends plus rien. Je vois trouble, les pales de l'hélicoptère au-dessus de moi semblent aller moins vite, puis ralentissent tout à fait et s'immobilisent. L'hélicoptère est pourtant toujours en l'air, suspendu, au-dessus d'un homme noir qui lui tire dessus. Avec un arc.

Chapitre 20

Florence

J'ai encore failli louper mon train. Pourtant cette fois, j'avais pris une bonne marge, mais un bagage oublié sur un quai a failli tout faire rater. Dix minutes à rester bloquée dans le RER entre Les Halles et Gare de Lyon, en regardant l'heure toutes les trente secondes. Après, il a encore fallu que je me fasse insulter par une famille qui prenait toute la place sur l'escalator et à qui j'ai demandé, peut-être un peu fermement mais poliment, de se ranger sur la droite. Je suis en nage et le souffle encore court. Ma place est dans la salle basse du TGV à deux étages. D'habitude, j'essaye d'éviter, mais là je n'ai pas vraiment eu le temps de choisir ni mon siège ni mon train. Hier soir, Damien m'a appelée en panique. Cela faisait vingt-quatre heures qu'il n'avait pas de nouvelles de sa mère. J'ai tout de suite décidé de le rejoindre. Je ne sais pas trop ce que je vais pouvoir faire sur place, mais au moins il aura quelqu'un avec lui.

Je l'aime bien ce gosse. Je l'admire même un peu. Avec les parents qu'il a, il a su trouver son équilibre. Son père était un coureur, totalement immature. Le type même du père irresponsable. Il aurait bien été du genre à laisser le bébé tout seul dans une voiture en plein soleil, pendant qu'il sautait une de ses copines. De toute manière, il est resté trop peu de temps pour avoir eu le temps de jouer un rôle dans l'éducation de Damien. Cela dit, il n'était pas méchant, et avec un côté un peu bohème qui pouvait le rendre sympathique. J'imagine que c'est pour ça que Damien a voulu le revoir, quand il a eu 13 ans. Ma cousine était contre, bien sûr, mais le gamin l'a travaillée en douceur et a fini par obtenir ce qu'il voulait. En même temps, il ne s'est pas mis à développer une admiration sans bornes pour son père. Il a gardé un jugement équilibré, prenant le bon, la liberté, le choix, une certaine décontraction, sans nier le mauvais, l'absence de sens des réalités, l'irresponsabilité, l'incapacité à bâtir un avenir. Damien a également beaucoup plus de volonté que sa mère. Et il n'est pas en permanence en train de se chercher des excuses. Les études, ce n'est pas son truc, c'est vrai, mais je suis sûre qu'il arrivera à faire quelque chose de bien de sa vie. C'est pour cela que je veux l'aider, il le mérite.

Le TGV roule maintenant, encore à petite vitesse dans un entrelacs de rails. Je regarde les immeubles dont les fenêtres sont si proches qu'on peut y distinguer l'intérieur des cuisines ou le mobilier du salon. J'imagine mal comment on peut vivre en permanence sous le regard fugace de passagers en partance. Sans parler du bruit.

Mon regard s'arrête sur un homme, situé deux rangs devant moi, de l'autre côté du couloir central. Mes yeux se détournent aussitôt, mais y reviennent sans cesse, en un va-et-vient un peu honteux. Il a une trentaine d'années, la peau mate, des cheveux très bruns, coupés très court, presque entièrement recouverts d'un bonnet blanc, une barbe longue et fournie. Il porte une djellaba qui s'arrête haut, au-dessus des chevilles. Trois ans plus tôt, juste après les attentats, j'aurais changé de voiture, tout en ayant bien conscience du ridicule de cette attitude. Je sais qu'un terroriste fera tout pour ne pas ressembler à un salafiste. Il y a même un mot pour ça, la *taqîya*, si je me souviens bien. Ils nous en rebattaient les oreilles après les terrasses. N'empêche, comme tout le monde, dans les mois qui ont suivi, j'ai dû regarder bizarrement tout un paquet de jeunes Arabes, barbus ou non, quand je les croisais dans le métro. Même encore aujourd'hui, quand je remonte la rue Montorgueil, j'imagine qu'une voiture pourrait foncer et faire un carnage, entre les piétons qui déambulent et les gens buvant aux terrasses des cafés. C'est idiot, c'est humain. Depuis, on s'est habitués, la crainte et le souvenir s'estompent. Je ne me rappelle plus à partir de quel moment il ne fut plus question de deuil national. Déjà, après Nice, j'avais ressenti comme un sentiment de lassitude coupable. C'est horrible à dire, mais quelque chose, de l'ordre de l'excitation, avait disparu. Bien sûr, la répétition de l'horreur doit émousser la capacité de sidération, mais je me rappelle avoir pensé que le moment des victimes sublimes était passé, que ne restait plus que le temps des victimes bêtement victimes ; innocentes, c'est-à-dire privées de leur aura héroïque, privées de sens. Le 7 janvier, ils étaient morts pour une cause, la liberté, la laïcité, l'athéisme ; on en avait appelé à Voltaire, « écrasons l'Infâme », même si l'infâme avait changé de Livre, de chasubles, de liturgie. Les morts de *Charlie* étaient magnifiques, combattant d'une cause plus grande et noble que celle de leurs assassins. Je n'étais pas spécialement *Charlie* avant l'attentat, pourtant.

Le 13 novembre, encore, on était morts pour défendre un style de vie, un état d'esprit, une légèreté, un vivre-ensemble. *Paris est une fête* avait remplacé le *Traité sur la tolérance* au classement des meilleures ventes sur Amazon. C'est drôle ce lien entre actualité et littérature, ça se vérifie souvent. La Parisienne que j'étais s'était sentie proche des victimes, passant par les mêmes rues, attablée aux mêmes terrasses. Comme tout le monde, je connaissais quelqu'un qui connaissait quelqu'un. Suffisamment loin pour ne pas éprouver de vraie douleur, mais suffisamment proche pour être véritablement émue de la perte d'inconnus, dont *Le Monde* égrenait les portraits. Le 13 novembre, ça a aussi été la vraie fin de l'insouciance : en janvier, je pouvais encore lâchement me dire que, n'étant pas une professionnelle de la provoc, ni militaire, ni policier, ni juive, bien sûr, je n'étais pas spécialement visée. Après les terrasses, j'ai compris. Je pouvais me retrouver comme tout le monde invitée au banquet sanglant des fous de Dieu. L'atmosphère s'était encore alourdie à Paris : plus question de grands rassemblements à la mode *no pasarán*, symboliques, cathartiques et sans efficacité face aux kalachnikovs. Fini de jouer. Je me souviens de cet épisode pas très glorieux, d'une manifestation spontanée à laquelle je participais, qu'une rafale de pétards avait suffi à éparpiller, en un sauve-qui-peut paniqué qui remettait à leur place les « même pas peur » des banderoles. J'avais couru, comme les autres. Ça n'efface pas le souvenir de la grande manifestation du 11 janvier, pourtant. On était plus d'un million à Paris, ce dimanche après-midi, en famille, jeunes, vieux, de tous milieux et toutes opinions dans un calme et une dignité impressionnants. Il faisait beau ce jour-là. Il n'y avait plus de parcours officiel, trop de monde. On était parti avec les gosses et on n'avait pas réussi à retrouver les amis avec qui on devait défiler, mais ça n'avait pas d'importance. Les slogans et les pancartes n'exprimaient rien d'autre que des appels à la tolérance, à la fraternité et à la liberté. Il y avait de l'émotion, j'avais souvent les larmes aux yeux. Aujourd'hui encore, j'ai la chair de poule quand je me rappelle ces moments où cette foule s'arrêtait en une longue salve d'applaudissements reconnaissante, adressée aux silhouettes des snipers du Raid, rassurantes et cagoulées, se détachant des toits de zinc. À cette époque, ce n'est pourtant pas si loin, la haine était l'ennemie.

Même Renaud, le chanteur, s'était surpris à embrasser un flic. Quand je pense que certains ont critiqué ces rassemblements. Critique de la bien-pensance, dénonciation d'un prétendu entre-soi, sous prétexte que les jeunes des banlieues n'y étaient pas. Ce qui n'est pas totalement vrai, d'ailleurs. Je me rappelle avoir vu un commentaire de ce genre, dans un blog sur Mediapart. Il était tenu par un type qui signait Gérard et se présentait comme un sociologue de la région de Lyon. J'avais tellement été choquée par son contenu que j'ai continué à le suivre, pour voir ce qu'il pouvait raconter. Il pond très régulièrement des articles, déversant son agressivité hautaine dans une logorrhée vide, drapée de théorie fumeuse, et soumettant à sa vindicte de Khmer rouge tous les attardés mentaux ou salauds patentés qui osent penser en dehors de son néocatéchisme. C'est marrant, hier, 1,5 million de personnes dans la rue n'étaient que des bobos mondialisés qui ne représentaient qu'eux-mêmes. Aujourd'hui, le même proclame que le peuple est dans la rue, quand quelques milliers de gilets jaunes, parmi lesquels on compte encore moins de jeunes des banlieues, saccagent hebdomadairement les centres-ville. Aujourd'hui, la haine est à la mode, celle des médias, des élites, des riches, des migrants. Une haine de petits Blancs, de *rednecks* à la française. Aujourd'hui, des jeunes gens, pas tous défavorisés, loin de là, scandent que tout le monde déteste la police.

Le barbu en face s'est levé. Je n'ai pas pu m'empêcher de vérifier s'il avait laissé un sac quelque part.

Évidemment, il en avait laissé un. Je me rassure, s'il voyageait sans bagage, c'est justement là qu'il serait suspect. Effectivement, il revient des toilettes quelques minutes plus tard. Non seulement les salafistes prennent le train comme tout le monde, mais eux aussi ont besoin de pisser.

Je dois avouer que ce qui se passe ces derniers mois me donne tort et ça me déprime. J'avais cru qu'une professionnalisation des élites, politiques ou médiatiques, finirait par venir à bout du mensonge et de l'irrationalité. J'avais naïvement cru que la démocratie s'améliorerait avec la rigueur du *fact-checking*. Quelle erreur ! On aurait pu pourtant espérer que l'audience des bateleurs et des démagos aurait été mise à mal dans un monde connecté, où tout peut se savoir, où l'information est accessible, vérifiable, peut être croisée. Au contraire, comme pour la monnaie, la mauvaise info chasse la bonne, la rumeur repousse la vérité aux marges du réseau, les biais de confirmation redoublent les préjugés en d'irrépressibles boucles de prophéties autoréalisatrices imperméables et concurrentes, que départage le nombre de connexions, de *followers*, de *likes*. Tout se passe comme si les cerveaux humains manifestaient une préférence pour la stupidité, transformant chacun en victime consentante et docile des algorithmes marchands. Dis-moi ce que tu cliques, je te dirai qui tu es, sachant ce que tu es, je te dirai quoi cliquer. Comme dirait l'autre, il y a comme un malaise dans la civilisation. Qu'est-ce qu'on a raté ?

Le train roule maintenant à pleine vitesse. Je connais le trajet par cœur, mais j'aime toujours autant la sérénité de ces paysages de Bourgogne, cette belle campagne de coteaux paisibles. Il faut absolument que j'arrête le petit vélo qui a démarré dans ma tête, sinon je n'arriverai jamais à dormir. Je me connais, je peux passer des heures à monologuer, à bâtir des argumentations, à dérouler des arguments, à peaufiner des *punchlines*, clouant le bec à des contradicteurs virtuels. Les deux heures de TGV entre Paris et Lyon, c'est idéal pour ça. Aujourd'hui, je ne peux pas me le permettre. Je me suis levée trop tôt pour attraper ce train, j'ai besoin de sommeil avant de voir Damien.

Il m'attend sur le quai, immobile dans la cohue qui se rue sur les escaliers. La gare de la Part-Dieu est toujours en travaux, qui entraînent des embouteillages de piétons sur les quais. Il a changé depuis la dernière fois que je l'ai vu. Son corps s'est affûté sous l'effet de son entraînement d'apprenti pompier. Il a minci, seul son visage a gardé des rondeurs plus enfantines. Il a toujours sa bonne bouille de gamin tendre et futé. Il a les cheveux très courts maintenant, c'est dommage, cela fait ressortir ses oreilles trop grandes et bizarrement ourlées. Il a les yeux tristes et inquiets, mais il parvient à me sourire. On s'embrasse longuement.

« Viens, dit-il, on n'a pas beaucoup de temps, le train part dans dix minutes, voie J.

— Le train pour où ?
— Saint-Quentin-Fallavier.
— Et on va faire quoi là-bas ?
— Visiter ma mère, à la maison d'arrêt. »

Chapitre 21

Serge

Il fait froid ce jeudi matin, ciel bleu, soleil trompeur. Je me suis fait avoir et je grelotte dans mon costume sans manteau. On est une quinzaine à attendre dans cette espèce d'amphithéâtre en plein air, clos d'arbres et terminé par une fontaine. Je connais tout le monde, à l'exception d'un homme, qui, lui, ne connaît personne et reste seul, un peu à l'écart. Après avoir été saluer les visages connus, je m'approche de lui. Je me présente, Serge, un ami de Patrick. Il me regarde, un peu étonné, comme si ma démarche était incongrue, puis il se reprend. Stéphane, un collègue de bureau, me dit-il, en me serrant la main, quelle histoire ! Il enchaîne, vous savez qui sont tous ces gens, en désignant de la tête la maigre troupe qui discute à voix basse, par petits groupes, et dont s'échappe de temps en temps un rire discret, vite repris par la gravité des postures. On est tous des vieux amis de Patrick. C'est vrai, ça nous a tous fait un choc. Il répond avec une moue incrédule, je n'aurais jamais pensé qu'il y ait autant de monde.

Les portes se sont ouvertes, tout le monde s'installe dans la salle qui reste trop vide. On dirait l'intérieur d'une église moderne, mais sans signe religieux. Des bancs de bois blond, un pupitre au fond sur la gauche, derrière lequel se tient un homme, cheveux blancs, queue-de-cheval, endimanché dans un costume sombre un peu grand pour lui. J'ai fait sa connaissance il y a trois jours, par téléphone, quand j'ai décidé de tout organiser. Il fait partie d'une de ces associations qui viennent en aide aux familles éplorées et athées, qui ne peuvent se reposer sur les rites d'aucune église. J'avais laissé mon numéro de téléphone à une secrétaire qui m'avait indiqué que l'officiant désigné me rappellerait. Effectivement, il m'a rappelé le soir même, vers 22 heures. « Jean-Luc, de L'Autre Côté du miroir », s'était-il présenté. C'était presque terrifiant, d'autant qu'il m'avait fallu un peu de temps pour me rappeler que L'Autre Côté du miroir était le nom de l'association. Nous avons convenu qu'il ne s'occuperait que du séquencement des opérations, que je me chargerais du discours. Je suis quand même un peu étonné par son look. Je me demande si l'association ne donne pas aussi dans la réinsertion de marginaux mysticoïdes.

Avec un peu de grandiloquence, l'ersatz de curé invite la petite assemblée à se lever et à se recueillir devant le cercueil de Patrick, disparu trop tôt et dans des circonstances dramatiques. Il lance le premier morceau. On l'avait beaucoup écouté avec la bande de la Croix-Rousse, et puis, la voix de Marianne Faithfull s'accorde bien aux circonstances. « *Till the pain is so big, you feel nothing at all.* » C'est drôle, je n'avais jamais vraiment fait attention aux paroles. On dirait vraiment qu'elle parle de Patrick, là !

Le cercueil est entouré des quatre grands pots d'orchidées blanches que j'ai commandés. Ça aurait eu une certaine gueule s'il n'y avait eu l'hideuse couronne mortuaire pastel, barrée d'un ruban satiné mauve, siglée La Dauphinoise de Créance, qu'une secrétaire pressée de rentrer chez elle – à qui son patron, gêné, a délégué la tâche – a dû commander sur Interflora en catastrophe. Sans compter la non moins moche, mais plus chic, gerbe de glaïeuls jaunes et bleus envoyée par la rédaction de BFM, reconnaissante.

Jean-Luc m'invite à prendre la parole. J'ai écrit mon discours. Je n'étais pas sûr d'être ému, mais je préférais assurer le coup. En fait, je le suis plus que je ne le pensais. Je mets mes lunettes, je jette un coup d'œil sur la salle clairsemée et je commence.

« La plupart des gens qui sont ici n'ont pas revu Patrick depuis des années. C'était ici, dans cette même salle, une même violence, une même stupeur, celle de la mort voulue de Mathilde, la femme de sa vie. Que devient la vie d'un homme quand il perd la femme de sa vie ? Nous ne le savons pas. Patrick avait disparu de nos vies, de la mienne en tout cas, jusqu'à cet étrange coup de fil qu'il m'a passé, il y a quelques jours, pour me demander d'intervenir, en tant qu'avocat, pas vraiment comme ami, je crois, en faveur de celle qu'il m'a présentée de manière gênée et peu plausible, comme "une amie tout court". Que s'est-il passé entre ces deux-là ? S'est-il même passé quelque chose ? Quel malentendu a pu conduire Patrick à reprendre contact avec un ex-ami pour lui demander d'aider celle qui allait lui fracasser la tête avec une batte de base-ball vingt-quatre heures plus tard ? Et comment cette femme, cette Madeleine, qu'il ne connaissait que depuis quelques jours, avait-elle pu déclencher le processus par lequel Patrick, le lendemain de cet étrange appel, reprenait contact, mais cette fois pour que l'on se voie, comme des amis qui se retrouvent et, sans doute, plus profondément, pour reprendre le cours de sa vie ? Quelle ironie, nous avions rendez-vous lui et moi, à 18 heures le jour de sa mort, pour prendre un verre. Il m'avait envoyé un SMS disant qu'il devait s'acheter des fringues, que ça ne lui était pas arrivé depuis la disparition de Mathilde. On devait se retrouver après. Je l'ai attendu, ce soir-là, me demandant si j'allais retrouver le Patrick que j'avais connu.

Ce Patrick-là, c'est d'abord l'étudiant un peu timide, qui prenait pourtant la parole en plein amphi pour contredire, dès le jour de la rentrée, les propos cyniques et méprisants d'un "fils de". C'était le véritable ami à qui on pouvait confier une peine, une révolte, un dilemme, et qui prenait le temps d'écouter, d'analyser, et qui finissait par proposer une lecture de la situation, qui faisait que tout était soudain plus clair et moins grave. C'était aussi un pote, un pote de soirée entre potes, de virées entre potes, sans prise de tête, avec ce qu'il faut de déconne, de rires, d'alcool aussi parfois. C'était le garçon raisonnable, mais qui ne se prenait pas au sérieux, et ramenait parfois sur terre les jeunes gens un peu cuistres et pompeux que nous nous piquions d'être. C'était enfin, surtout, l'amoureux de Mathilde, que nous enviions parfois, en tout cas moi je l'enviais, sans le comprendre tout à fait. C'est ce Patrick-là qui est mort pour nous, bien avant aujourd'hui, parce qu'il n'était pas parvenu à faire son deuil autrement qu'en se retirant de sa vie. »

À ce moment, je relève mes lunettes sur mon front pour faire une petite pause. Je note que le dénommé Stéphane a l'air complètement abasourdi. De toute évidence, Patrick n'avait jamais pu lui laisser imaginer qu'il avait été marié dans une autre vie. Sortant de mon discours écrit, j'improvise.

« Si vous me permettez une rhétorique d'avocat, et si je me mettais un instant de raison dans la robe du défenseur de cette Madeleine, je poserais cette question : peut-on tuer quelqu'un qui est déjà mort ? Car ce que je comprends des dernières années de Patrick, à travers les indices qu'il m'a laissés au travers des quelques échanges que nous avons eus ces derniers jours, c'est qu'il s'était réfugié dans une non-vie, un état d'ennui perpétuel, d'émotions enfouies, de pensées étouffées, car tout rappel à la vie déclenchait chez lui une insupportable culpabilité. Patrick était sans doute comme ce *Working Class Hero* chanté à l'instant par Marianne Faithfull, qui ne ressent plus rien tant la douleur est vive. »

Je constate que j'ai totalement perdu Stéphane qui me regarde les sourcils froncés. Je remets mes lunettes et achève ma lecture.

« Le paradoxe de ce drame est que la femme qui l'a fait renaître, qui l'a tiré de manière bien sûr involontaire de cette non-vie, soit aussi cette même femme qui l'a tué. Il se trouve que cette femme, cette Madeleine, par la plus trouble des coïncidences, je la connais. Elle s'occupait de ma mère avec beaucoup de patience, de soins et de compétence dans un Ehpad de la région. Elle est aide-soignante et jamais je n'aurais pu imaginer que cette femme attentionnée, prévenante, eût accumulé en elle tant de frustration et de colère, au point de se saisir d'une batte de base-ball et de l'abattre de toutes ses forces sur le crâne d'un homme à terre, qui venait d'en sauver deux autres du lynchage.

Alors oui, la mort de Patrick est absurde. Quelle mort ne l'est pas ? Face à ce mystère, certains ont la chance d'avoir une réponse. Je n'en ai pas. Pas plus que nous n'en avons face aux hasards, aux bifurcations, aux petits cailloux qui déterminent nos vies et parfois notre mort.

La seule chose qui est sûre, ce que la vie de Madeleine et la mort de Patrick nous montrent, c'est à quel point, qui que nous soyons, quelque image que nous donnions de nous-mêmes, quels que soient les oripeaux sociaux, sentimentaux, idéologiques dont nous enrobons nos fêlures, c'est à quel point, tous, nous sommes fragiles. »

C'est toujours un moment curieux la fin d'un discours lors d'un enterrement. Il n'y a pas de réactions de la salle, évidemment pas d'applaudissements, juste du silence au moment où la voix de l'orateur s'interrompt et n'enchaîne que sur du vide.

D'autant que le Monsieur Loyal à catogan s'est emmêlé les pinceaux. J'ai tout de suite capté qu'il y avait un problème quand les premières mesures primesautières de *Englishman in New York* ont retenti. Je l'ai fusillé du regard, il a interrompu le morceau, et après un blanc de plusieurs longues secondes, Sting a enfin pu entonner « *How fragile we are* ». Jean-Luc, de l'association L'Autre Côté du miroir, avait réussi à ruiner mon enchaînement !

Je regagne ma place, un peu renfrogné. Jean-Luc devait maintenant inviter l'assistance à faire un dernier signe d'adieu à Patrick, en choisissant le geste qui leur paraîtrait le plus approprié, signe de croix, pour les croyants, s'est-il cru obligé de préciser, simple geste de la main. Sans doute pour donner l'exemple, et prouver que chacun pouvait vraiment faire ce qu'il jugeait bon, il s'est alors presque littéralement jeté sur le cercueil, l'enlaçant de ses longs bras, en criant d'une voix qui a résonné dans la salle et a fait sursauter le premier rang : « Au revoir Patrick… Repose en paix pour ce long voyage… »

Nous avons été quelques-uns à lutter pour contenir un fou rire.

Remerciements

D'abord et avant tout, à Frédérique, instigatrice, inspiratrice, première lectrice, première critique, souvent exigeante toujours bienveillante.

À Anne Serre, qui m'a donné envie de continuer.

À Julien Thèves et Karine Lanini, qui m'ont laissé croire que c'était possible.

Aux fidèles compagnons d'écriture des mardis de la rue Péguy, qui ont fait d'une démarche individuelle un plaisir collectif : Dominique, Caroline, Benjamin, Pierre, Patrick et Martine.

Achevé d'imprimé en novembre 2022
dans les ateliers de Normandie Roto Impression s.a.s.
61250 Lonrai
N° d'impression : 2205913
Dépôt légal : novembre 2022
ISBN : 978-2-919-54774-6